춘추는 이렇게 말했다

춘추는 이렇게 말했다

2024년 6월 20일 초판 1쇄 인쇄
2024년 6월 28일 초판 1쇄 발행

지은이 | 이경재
펴낸이 | 孫貞順

펴낸곳 | 도서출판 모아드림
　　　　(03756) 서울 서대문구 북아현로6길 50
　　　　전화 | 02)365-8111~2　팩스 | 02)365-8110
　　　　이메일 | cultura@cultura.co.kr
　　　　홈페이지 | www.cultura.co.kr
　　　　등록번호 | 제2-2264호(1996.10.24)

편집 | 손희 김치성 설재원
디자인 | 오경은 박근영
영업 | 박영민
관리 | 이용승

ISBN 978-89-5664-186-7 03810

잘못된 책은 구입하신 서점에서 바꾸어 드립니다.

값 15,000원

춘추는 이렇게 말했다

21세기 새 한국 책략을 찾아

春秋

東皐 이경재 장편소설

모아드림

| 독자를 위하여 |

우리 시대 경세經世 책략의 통합적 비전
― 이경재의 『춘추는 이렇게 말했다』

김종회(문학평론가, 한국디지털문인협회 회장)

새로운 형식의 시도와 미래 전망

이경재 변호사의 저술 『춘추는 이렇게 말했다』를 원고 상태에서 읽고, 필자는 괄목상대하며 놀랐다. 법률가로서는 크게 이름이 있는 분이나, 소설에 가까운 글의 작가로서는 새로운 시도와 다름이 없는 터이기에 그랬다. 문제는 놀랄 일이 한두 가지가 아니라는 데 있었다. 우선 그 발화의 형식이 허구의 세계를 축조하는 소설에 근접해 있으면서, 작가 자신의 진솔한 내면적 의식을 담아내는 점은 에세이와 가까웠다. 동시에 우리 시대와 사회의 쟁점을 두고 그 가장 전방 지점을 다루고 있다는 점은 사실적 보고서와도 같았다. 그래도 역사와 현실을 가공의 토대 위에 세운다는 측면에서는 소설의 장르적 특성을 여실히 드러내는 형국이었다.

더 중요한 것은 글의 내용을 담는 그릇으로서 형식의 차원이 아니라, 바로 그 내용의 혁신적인 접근 방법과 담론의 구조에 있었다. 우리가 눈앞에 당면하고 있는 국내외의 총체적 난국을 제시하고, 이를 헤쳐나갈 지혜를 조달하는 방략에 있어 이제까지 그 누구도 시도하지 않았던 기상천외한 관점을 도입하고 있기 때문이다. 지금으로부터 1,400년 전의 인물 김춘추, 온갖 어려움을 물리치고 민첩한 지략과 외교적 역량으로 삼국통일의 기반을 다진 태종무열왕을 지금 여기에 불러내어 조언을 듣는다는 것이다. 이 전대미문의 쾌사를 수행함에 있어, 풍성한 교양과 상식 그리고 깊이 있는 학식과 세계관을 펼쳐 보이는 것은 독자들에게 또 다른 즐거움을 선사하는 요소이기도 하다. 이 여러 장점을 통해 이 책은 해묵은 과거를 소환하는 데 그치지 않고, 푸른 신호의 미래를 펼쳐 보이는 전향적 개안을 가능하게 했다.

왜 어떻게 김춘추를 불러냈는가

고대사 시기의 인물 김춘추를 현세로 불러온다면, 그것은 일종의 대체역사(Alternative History) 기법이라 할 수 있다. 복거일의 『비명(碑銘)을 찾아서』나 『역사 속의 나그네』 같은 소설이 이를 시현(示現)해 보였다. 역사의 과거와 현재를 서로 소통하게 하는 데 있어 '춘추(春秋)'라는 이름은 매우 의미심장하다. 여기서 답안의 성안(成案)을 위해 내세운 인물의 이름이면서 역사, 세월, 계절을 한꺼번에 뜻하는 이름이기도 하다. 그를 불러내는 소규모 공동체 구성원 가운데 핵심은 이동천 변호사와 한통일 교수다. 이 변호사는 작기의 외도를 대변하는 인물이며, 한 교수는 김춘추 소환의 기능적 역할을 담당하는 인물이다. 그 외의 다른 여러 인물도 모두 저마다의 기능을 맡고 있다. 이들은 '동북아 최적 슈퍼 멘토'가 김춘추라는 데 동의한 동역자들이다.

　김춘추를 현실적인 생활권으로 초치하고, 오늘날 한반도가 처한 난감한 상황들을 자문하는 엄청난 일은, 그러나 사뭇 과학적이고 체계적인 수순(手順)을 따라 진행된다. 우선 이 책략의 자문에 왜 김춘추가 적역(敵役)인가를 공유하는 대목이다. 다음으로 한통일 교수가 운용하고 있는 인공지능 수준의 컴퓨터 자료 활용의 영역이다. 그리고 심령술의 한 방식으로 보이는 영매(靈媒)의 작용을 도입하는 보완책의 동원이다. 이처럼 주도면밀한 구성의 모형을 설정했다면, 어느 누구도 소설의 외양을 가진 이 글에서 김춘추와의 접점에 이견(異見)을 내놓기 어렵다. 그런 만큼 이 글이 소설의 문학적 특성을 원용하고 있는 것은 탁월한 선택이 아닐 수 없다.

역사적 교훈의 현실화와 지향점

　그런데 정작 우리에게, 우리 시대에, 보다 더 긴요한 사안은 이 글이 갖추고 있는 방법론이나 포맷(Format)이 아니라 그것이 담보하는 현실적 지형도 속에서의 지향점과 해결책이다. 여기에 수긍할 만한 강세가 없다면, 이 글이 선보인 기발한 외형의 양상이 별반 가치를 갖기 어렵다. 오늘날 한반도의 내부는 남북분단과 동서 지역감정의 끝 모를 갈등으로, 외부는 세계열강 및 패권국들과의 무한 경쟁으로 영일(寧日)이 없다. 이 모든 문제적 국면을 망라하여 김춘추의 견해를 구하는 바이니, 그야말로 '21세기 새 한국 책략'을 찾는 형편이다. 이 목표에 따라 등장인물이 구성되고, 공유하는 담론의 주제가 설정되며, 회담의 장소 또한 특화되어 있다.

이 글이 부피가 큰 쟁점으로 함몰되지 않고, 우리가 피부로 감각하는 현실 정치의 구체적인 부면을 함께 탐색하는 것은 그야말로 큰 장점이다. 독자가 역사의 격랑에 떠밀리지 않고 직접적으로 '나'에게 부하된 문제로 인식하며 글을 읽어 나갈 수 있는 이유다. 그 현실에 대한 비판과 대안이 사건별로 제기되는 것 또한 읽기의 재미를 더하는 요소들이다. 궁극적으로는 남과 북의 통합을 넘어 진정한 선진국으로 갈 수 있는 길의 향방이 이 저술 속에 잠복해 있는 터이니, 외화내빈(外華內貧)의 우리 사회가 온당한 경각심을 환기할 수 있는 절호의 기회다. 거기에다 글의 전제와 전개가 마치 제갈공명의 〈천하삼분지계〉를 보듯 재미있어서, 필자의 경우 이를 단숨에 독파할 수밖에 없었다. 사정이 이러하니, 흔연한 마음으로 독자 제현의 일독을 권하는 바이다.

| 작가의 말 |

    미군(美軍)이 1945년 8월 6일, 9일 두 차례 일본 본토에 원자폭탄을 투하하자, 일본이 무조건 항복하여 제2차 세계대전이 끝났다. 그에 따라 1945년 8월 15일 한반도에 갑작스러운 광복이 찾아왔다. 일본군의 항복을 접수할 목적으로 미군과 구소련군이 38° 선을 기준으로 한반도를 분할 점령했다. 이 나라 땅에 미·소 냉전이 시작되었다. 미국과 구소련의 절대적 영향 아래 남쪽은 자유민주주의 대한민국을, 북쪽은 사회주의 조선민주주의인민공화국을 만들었다. 국제사회의 중심인 UN은 총회결의로 1948년 5월 10일 한반도에서 최초의 총선거를 실시하였고, 주권자 총의에 따라 대한민국이 건국되었다.

    대한민국은 UN이 인정한 한반도의 유일 합법 정부였다. 구소련은 총선거 실시를 거부하였고, 북쪽 점령지에 그들의 소비에트인 조선민주주의인민공화국을 급조했다. 이때부터 76년 가까운 오늘날까지 남과 북은 극과 극, 죽기 살기로 대치해 왔다. 북의 김일성은 1950년 6월 25일 한국전쟁을 일으켜 무력 통일을 기도했으나 실패했다. 미·소 냉전체제 이후 첫 열전이었다. 3년간의 전쟁으로 남·북이 황폐화 됐다. 소련의 스탈린 서기장이 사망하자 정전 협정이 체결되었고, 지금까지 이 체제가 이어져 오고 있다.

    필자는 건국 대통령 초대 이승만부터 제20대 대통령 윤석열까지 보아왔다. 성장함에 따라 최고지도자를 평가하는 시각이 달라졌음은 물론이다. 필자의 세대를 광전세대(光戰世代)라고 부르고자 한다. 광복과 한국전쟁 전후에 태어난 세대이기 때문이다. 이 광전세대는 건국 대통령 신념에 부응해 '우리의 소원은 통일'이라고 때만 되면 노래를 불렀다. 그런데 광전세대의 통일에 대한 열정과 기대가 높은 데 반해 역사의 흐름은 분단 고착으로 가고 있다. 북의 김씨 조선 왕조는 체제 성격 자체가 백두혈통과 그 수호 특혜 세력이 그들의 특권을 유지하려는 데 목적이 있으니 통일의 주체가 될 자격이 없다.

대한민국은 어떤가? 백년도 되지 않는 초단기에 산업화·정보화 시대를 거쳐 선진국에 진입했다. 개인 소득에서 일본을 앞섰다. 제도적 민주주의는 정착 단계에 있다. 동·서에 유례가 없는 기적적인 성취의 역사를 써 왔다. 그런데 2017년의 박근혜 탄핵·재판 이후 문재인 정부를 거쳐 현재 윤석열 정부에 이르면서 정치는 혼란과 분열·적대를 부추기고 고령화의 급속진행, 출산율 0.7명이라는 국가 소멸의 경고등이 켜지고 있고 경제활력은 현격하게 떨어지고 있다.

여기에 더하여 푸틴·시진핑·김정은은 전쟁마저 불사하고, 김정은은 핵 사용을 법제화하였다. 전통 우방인 미국의 민주주의도 흔들리고 있으며, 국내의 정치권은 정권 획득과 국회의원 배지 달기에 영일이 없다. 이런 상태로는 대한민국 번영의 지속가능성 아니 존속 가능성이 의문시된다. 지칫

푸·시·킴 연합이 전쟁의 유혹을 느낄지도 모른다. 김일성이 그랬듯이 말이다. 광전세대가 오매불망 노래했던 통일은 더욱 요원해져 가는 상황이다.

천하가 대란에 빠져 혼란한 데에는 필부에게도 일말의 책임이 있다고 한다. 필자는 광전세대의 일원으로서 대한민국의 지속가능성과 통일의 염원을 구현할 방책이 없는가 번민해 왔다. 그러다 우리 역사에서 가르침을 찾는 것이 현책이라 생각했다. 이 과제에 대하여 우리 역사상 멘토로는 어떤 인물이 가장 적합한가? 신라의 김춘추, 조선의 이순신, 대한민국의 이승만이 떠올랐다. 세 인물 모두 천하 대란 시기의 영웅이었고, 탁월한 전략가였으며, 시대 질서를 바꾸었고, 생전이나 사후에 걸쳐 논쟁적 인물이었다는 점에서 공통점이 있었다. 이 3인 중 한반도 역사상 최초로 통일을 기획하고 추진하여 성공에 이르게 한 전략가 김춘추가 최적이었다. 춘추공에게 후손으로서 꿈에서라도 오늘의 과제와 문제에 대하여 조언을 청하고 대화하고 싶었다.

필자는 김춘추에 관한 역사 자료와 평전을 두루 살펴보았고 중국과 일본의 관련 기록, 김춘추와 동시대인인 당의 이세민, 고구려의 연개소문, 왜의 나카노오에 관해서도 자료를 살펴보았다. 필자는 춘추공을 오늘 이 시대에 소환해 모시는 길은 소설이라는 형식이 가장 적합하다고 생각하여 글재주 없지만, 이 소설을 쓰기로 작정하고 여기까지 오는 데 2년이 걸렸다.

이 소설은 21세기 오늘의 세계와 한반도의 문제, 그리고 통일 담론을 그 주제로 삼고 있다. 김춘추 시대인 7세기 동북아 정세와 21세기의 그것은 천 사백 년의 어마어마한 격차가 놓여있으나, 그럼에도 시공을 초월한 지혜는 있는 법이다. 그런 지혜를 가진 인물이 바로 니체가 말하는 위버멘쉬(Übermensch), 초인(超人), 참 난사람일 것이다. 역사를 귀감이라고 하고 춘추라고도 한다. 그리고 역사는 반복된다고 한다. 이 소설이 대한민국의 미래와 통일 한반도 담론에 마르지 않는 샘이 되길 기대한다.

이 책이 나오기까지 필자는 여러 번 주저하고 다시 시작하곤 했다. 그러다 광전세대의 삶은 대한민국 역사 그 자체라고 할 수 있는 특이한 세대라는 점에 주목했다. 그들의 삶과 꿈이 아까워 글을 남기기로 작정했다.

이 책이 나오기까지 긴 시간 지켜봐 준 수인당 김인자님에게 사랑의 마음을 보낸다. 대학 시절부터 인생을 함께 한 송주환 변호사, 안평수 사장, 그리고 탄핵 정국 때 진실 보도에 애쓴 우종창 대표, 대북사업 기업인 이도균 사장, 국내외 리조트 사업가인 이상훈 회장에게 감사드린다. 이 책이 나오기 전에 검토해 주신 소나기 마을 촌장이신 김종회 교수께 깊이 감사드리지 않을 수 없다. 이 원고를 정리하는 데 애쓴 법무법인 동북아의 윤영선 대리에게도 각별한 고마움을 보낸다.

2024년 6월
서울 서초동 청류헌(聽流軒)에서
東皐 이경재

차례

독자를 위하여 · 04

작가의 말 · 08

주요 등장인물 · 14

제1부 난세(亂世)

십이류: 대통령 서거 43주년 · 17
푸·시·킴(Pu·Xi·Kim) · 23

제2부 동북아의 최적 슈퍼 멘토를 찾아

충무로 세꼬시 횟집 방담 · 35
대통령의 최적 멘토는? · 42
제주도와 대마도 · 44
역사 현장 답사 · 48

제3부 춘추(春秋)는 이렇게 말했다

경주 백률사(栢栗寺)의 인연 · 59

제1회 대화: 김춘추는 불세출의 영웅인가? · 68
1. 만남을 열다
2. 운길산 수종사(雲吉山 水鍾寺)의 만남
3. 김춘추 제대로 알기

4. 춘추는 시대의 영웅인가
  5. 당 태종 등 동아시아 영웅들과 춘추의 차별성

 제2회 대화: 춘추에게 묻고, 그가 말했다(Ⅰ) · 113
  1. 슈퍼멘토 춘추에게 묻다
  2. 오늘날 동북아 정세는 대란(大乱)을 예고하는 조짐인가?
  3. 오늘날 대한민국의 상황을 어떻게 진단하는가요

 제3회 대화: 춘추에게 묻고, 그가 말했다(Ⅱ) · 152
  1. 김씨 조선 왕조 3대 왕 김정은이 전쟁 도발을 감행할 가능성은
  2. 김씨 조선 왕조 3대 왕 김정은이 전쟁 도발을 할 수 없도록
     원천 봉쇄하는 방책은
  3. 한반도 통일을 성취할 방략은

제4부 새시대를 열기 위해
 화진포(花津浦)의 이승만 별장과 김일성 별장 · 209
 동평 플랜시아(東平 PLAN試案) · 213
 통일전망대에서 금강산 해금강을 바라보나 · 235

주요 등장인물

이동천(李東川) 변호사
한통일(韓統一) 경제사학 교수
송변(宋弁) 동천의 S대 벗, 변호사
안공(安公) 동천의 S대 벗, 재야 정치인
우 기자(禹記者) 전진하는 진실 유튜버, C신문 전 기자
이상군(李尙君) 동야그룹 회장, 중국 해남도 등에서 리조트 사업
이도규(李道奎) CS GLOBAL 사장, 개성사천강 모래사업
도대승(都大勝) 해군제독, 전략가
김상용(金尙容) 국정원 전 국장, 남북대화 참여
김철(金哲) 북한 ㈜로마대사관 전 공사, 탈북민
John Haley 미국 U.W 대학 ALC 소장
가네다 마사오(金田正夫) 도쿄대학 국제법 교수
김호(金浩) 경주 병원장, 동천의 고교 벗
장창(長璋) 동천의 중국어 학습반 지도 교사
박 사장 동해 대진항 건어물상, 지방신문 기자
민 교수 S대 상대 교수
이 행장 U은행 전 행장

제1부
난세(亂世)

십이륙: 대통령 서거 43주년

〈 1979. 10. 26. 〉

10월 26일은 특별한 날이다. 사람들은 10월 26일을 그냥 십이륙(10·26)으로 부른다. 올해로 고(故) 박정희(朴正熙) 대통령이 총에 맞아 서거한 지 43주년이 된다. 1979. 10. 26. 18년간 제왕적 대통령으로 군림했던 박정희라는 거인이 심복으로 믿었던 중앙정보부장 김재규가 쏜 총탄에 쓰러졌다. 김재규는 차지철 경호실장의 연락을 받고 청와대 옆에 있는 대통령과 중정부장 전용의 극비보안 시설인 궁정동 중정의 안가(安家)로 갔다. 대통령 지시로 만찬 연회가 열린 것이다. 중정 의전과장은 당시 인기 순위 1위 가요 '그때 그 사람'을 부른 여자 가수와 20대 초반의 여성 광고모델까지 이 연회에 동원했다.

대한민국 최고 권력자들이 한자리에 모인 은밀한 유흥이었다. 비서실장 김계원, 경호실장 차지철이 배석했다. 인기가수는 기타 반주에 맞춰 슬픈 목소리로 '비가 오면 생각나는 그 사람 언제나 말이 없던 그 사람…' 이라고 노래를 불러 분위기를 띄우고 술잔이 오가며 주흥이 넘쳐나자 때가 왔다고 판단한 김재규가 숨겨 둔 권총을 꺼내 바로 대통령과 경호실장을 저격해 살해했다. 대통령은 세 발의 총을 맞아 그 자리에서 절명했다.

차지철에게 "버러지 같은 놈…"이라고 하고, 대통령에게는 "이런 놈을 데리고 정치하니 올바로 되겠습니까?"라고 했다.

서울 강남 서초동 법조 청사 정문 앞에는 가을을 맞아 줄지어 선 은행나무가 짙푸른 하늘을 향해 노란 잎들을 흔들고 있었다. 서울 서초구 서초동의 법조 단지 중심에 있는 정곡빌딩 4층 법무법인 동북아 사무실에 앉아 거리를 내다보던 이동천(李東川)은 새삼스레 십이륙 사태를 떠올리면서 여러 가지 상념에 잠겼다.

〈 1909. 10. 26. 〉

"하필 오늘이냐"

동천은 10년이 훌쩍 넘는 경력의 변호사로 일하면서도, 역사와 한반도 통일에 깊은 관심을 가지고 이것저것 통일 관련 연구와 활동을 해왔다. 혼잣말로 내뱉은 '하필 오늘이냐'는 안중근의 하얼빈 의거가 번개처럼 떠올랐기 때문이었다. 1909년 이날 만주 하얼빈에서 대한제국의 육군참모중장으로 자칭한 안중근이 하얼빈역에 도착한 일본제국의 거물 정치인이자 초대 조선통감이던 이토 히로부미를 권총으로 저격하여 그의 숨을 거두었다. 그는 전쟁을 했으니 국제전쟁법에 따라 처리해 달라고 했다. 하얼빈의 이 총성은 20세기 초 동북아 질서의 격변을 불러온 신호탄이었다.

'탕탕절인가' 동천은 쓴웃음을 지었다. 탕탕절에는 탕수육이 제격이라는 말들도 한때 유행했다.

"아 참 지난해 이날 노태우 대통령도 서거했는데, 묘한 날이다."

동천은 이들의 모습을 머릿속에 그려보며 "박정희·안중근 두 사람은 영웅이고, 한 사람은 그의 말대로 보통사람"이라고 평가했다. 두 영웅의 최후는 극적이고 보통사람의 최후는 병사(病死)이던가.

동천은 이날 서울 동작동 현충원에서 열리는 박정희 서거 추모 행사에 참석하려다가 마음을 접고 박 대통령 서거 이후 대한민국 헌정사를 역대 대통령을 통해 반추해 보기로 했다. 그때그때 인물과 사건들을 간략히 메모했다.

○ 1979년 10월 26일 이후 2022년 10월 26일까지 43년간 10분의 대통령이 명멸했다.

① 최규하 ② 전두환 ③ 노태우 ④ 김영삼 ⑤ 김대중 ⑥ 노무현 ⑦ 이명박 ⑧ 박근혜 ⑨ 문재인 ⑩ 윤석열 등이 그들이다.

○ 이들 모두 등장과 퇴장이 각양각색이었다.

- 최규하는 십이륙 사태 직후인 그해 12월 12일 권력을 장악한 전두환 장군 주도의 신군부에 얹혀 간선제로 대통령이 되었다가 전두환에 의해 퇴출되었고,

- 전두환·노태우는 속칭 12·12 쿠데타로 집권하고 임기를 채웠지만, 퇴임 후 후임자에 의해 내란죄 등으로 중죄인이 되었다.

- 김영삼·김대중은 민주화운동의 기수이자 공헌자로서 대통령 직선제에 의해 취임하여 임기를 다하고 퇴임 후 비교적 평온하게 품위를 지키며 살았다. 그런데도 재임 중 애지중지한 아들들이 부패사건으로 구속·수감되는 오욕의 흔적을 남겼다.

- 노무현은 타고난 선동가 기질로 돌풍을 일으키고 정몽준과의 후보 단일화라는 정치공작으로 기사회생(起死回生)하여 대통령이 되었으나, 재임 중 탄핵 소추로 대통령 직무를 정지당했다. 다행히 탄핵은 모면했으나, 퇴임 후 재임 중 배우자 등의 비리와 연계되어 김해 고향의 사저 뒷산 부엉이바위에서 몸을 던져 자살했다.

- 이명박 대통령은 경제전문가로 압도적 지지로 당선되었고, 4대강 사업·금융위기극복, 해외자원개발 등으로 나라를 G20 반열에 올리는 등 큰 업적을 남겼다. 그런데 같은 당 출신의 후임 박근혜 대통령이 탄핵으로 퇴장하고 문재인 정권이 들어서자 퇴임 후 4년이나 지났는데도 문 정권은 이명박이 노무현을 죽음으로 몰고 갔다고 신념화하고 이명박의 형인 이상득 의원과의 ㈜다스 실소유주 여부를 문제 삼아 형사처벌을 받게 하였다. 그는 고령에 감방에 갇힌 처량한 신세가 되었다.

- 박근혜 대통령은 87년 직선제 이후 유효투표의 과반수 이상을 획득하여 당선된 유일한 사례. 임기 1년여를 남겨두고 촛불정변으로 탄핵되고 형사처벌을 받았다. 돈 한 푼 받지 않은 대통령에게 20여 년 형을 선고한 처사에 대해 많은 이들이 분개했다. 촛불 탄핵에 대해서는 양극단의 입장이 충돌했다.

- 문재인 대통령은 촛불 광풍과 최순실 특검의 활약에 힘입어 대통령이 되긴 했으나, 좌파 운동권 정권의 이념편향과 김정은 집단에 대한 몽상가적인 우호 정책으로 나라를 좌·우 진영의 분열로 몰아넣었다.

- 그 문 정권에 대한 반작용으로 보수 야당의 후보 윤석열이 선거에서 집권 여당 후보인 이재명에게 0.73% 차로 겨우 이겼다. 윤석열 대통령은 원래 문재인 정부의 검찰총장이었는데, 문재인의 핵심 측근인

조국이 관련된 형사사건의 수사를 계기로 갈라서자, 우파자유민주 진영에서 영입하여 대통령을 만들었다.

문재인 대통령은 재임 중 전직 대통령과 대화한 적이 없었다. 윤석열 대통령 역시 전직 대통령과 만나보지 못했다. 문재인 대통령이 앞으로 형사적으로 어떻게 처리될지 알 수 없기 때문일 터이다. 박근혜 대통령은 문재인 대통령이 선거용으로 사면했으나, 윤석열 대통령은 검사일 때 박근혜 대통령을 수사·기소·처벌한 처지이니 만나기가 거북할 것이다. 이명박 대통령도 윤 대통령이 처단한 사람이고, 그래서 아직까지 사면조차 하지 못하고 있다.

이동천은 이런 생각을 해본 후 한숨을 내쉬었다.

"우리나라 정치는 내부 정쟁이 너무나 잔혹하고, 민심은 끊임없이 꿈틀대는 격랑과 같은데…."

"앞으로도 이렇다면 대한민국은 지속 가능한가? 이런 상태로는 한반도 통일의 길은 아득하기만 하니…."

어둠이 내려오자 동천은 떨어지는 노란 은행잎을 보던 눈길을 멈추고, 벌떡 책상에서 일어섰다. 이대로는 안 된다. 뭔가 길을 찾아야 한다. 동천의 두 손이 꽉 쥔 주먹으로 바뀌었다.

푸·시·킴(Pu·Xi·Kim)

〈 코로나 팬데믹 〉

2019년 12월 중국 후베이성(湖北省) 우한(武漢)시의 야생동물 거래 시장에서 신종 코로나바이러스19가 발생했다. 발생 초기에는 중국 우한 코로나라고 하다가 중국 정부가 국가 이미지에 손상을 입힌다고 항의하자 세계보건기구(WHO)에서 그 압력을 못 이기고 코로나19로 명명했다. 코로나19 바이러스의 감염 전파력이 얼마나 강렬했던지 세계보건기구는 2020년 1월에 국제적 공중보건 비상사태를 선언했다. 불과 수개월 만에 전 세계를 휩쓸었다. 중국과 인접한 한국은 바로 직격탄을 맞았다. 우한시를 비롯한 한국·중국 간의 항공운항을 봉쇄하지 않아 우한시에서 감염된 사람이 입국하여, 국내 감염원이 되었다. 신천지 교회 신도와 교단이 감염원으로 지목되어 군중의 집단 비난을 뒤집어썼다.

2022년 10월 말 기준으로 전 세계에 걸쳐 약 6억 3천만 명이 감염 확진되었고, 사망자는 660만 명이나 된다. 한국에서도 약 2,500만 명이 확진되었고, 그중 약 29,000명이 사망했다. 전체 인구의 절반이 감염되었고 그 중 약 0.1%가 사망했다. 의료 선진국이라는 미국도 별수 없었다. 확진 감염자는 약 1억 명, 사망자는 100만 명을 기록했다. 인구의 1/3이 감염되어 1% 정도가 세상을 떴다. 의료 통계를 제대로 잡을 수 없는 저개발국이나 국가가 정보와 통계를 통제하는 러시아·중국·북한을 감안하면 실제 코로나19 세계 현황은 한층 더 심각할 것이다.

김정은 북한 국무위원장은 공식적으로 코로나가 발생했다고 발표하거나 인정한 적이 없다. 코로나 청정국이라고 외쳐대니 세상을 바보인 줄 아는 자이거나 아니면 북한 국내용 선전일 게 분명하다.

코로나 병란(病亂)이 진전되자 세상이 바뀌었다. 사람 간 접촉을 회피하고 비대면으로 일을 해야 했다. 격리, 재택근무, 화상회의, on-line 세상, 배달 전성시대, 디지털 영상·통신 기술이 세상을 지배하게 되었다.

2020년 대학에 입학한 청년들은 입학식·강의실 수업, 미팅 등 대학 생활의 즐거움을 가질 수 없었다. 세상 사는 재미는 야간 생활에 있는데, 4인 초과 모임은 금지되고, 저녁 9시면 음식점 등 상가가 문을 닫아 버리니 집콕, 혼술이 강요되었다.

동천도 작년 10월경 코로나 백신 2차 접종을 했는데도 코로나19 양성 반응이 나왔다. 면봉을 양쪽 콧구멍의 안쪽에 넣고 10여 회 문지르고, 그 면봉을 검사용 용액에 넣어 10여 회 돌린 다음 빼내어 검사기에 떨어트렸다. 30분 후 검사기 표면에 두 줄이 나타났다. 양성이었다. 동천은 두 차례 백신 접종을 해서인지 특별한 이상 증상은 없었지만 약간의 피로감마저도 혹 코로나 증상인가 걱정했다. 일주일간 집에서 재택근무했다. 코로나 핑계로 사무실에 나가지 않고, 무슨 일이 있으면 '코로나 양성', '격리 중'이라면 만사가 해결되었다. 큰 탈만 없었다면 코로나는 게으른 사람에게는 더없이 좋은 유익 바이러스구나. 동천의 입에서 절로 나온 말이다. 거기에다 치료 격리 기간에 대해 생활지원금까지 받았다. 하루에 10만 원 내외로.

〈 러시아의 우크라이나 침공 〉

2022년 임인년(壬寅年) 호랑이해 지구촌 79억 창생이 코로나19 팬데믹으로 생고생을 하고 있던 참에 러시아의 푸틴(Vladimir Putin) 대통령은 2월 24일 특별군사작전이라고 둘러대며 우크라이나의 수도 키이우를 미사일로 공습하고, 중무장 기갑부대를 앞세워 수십만 명의 러시아군이 우크라이나를 전면 침공했다. 침공 시기도 시진핑의 입장을 고려해서 정했을 것이다.

제24회 베이징 동계올림픽이 2022년 2월 4일부터 2월 20일까지 개최되었는데, 대회가 종료되자마자 침공을 감행했다. 푸틴은 동계올림픽 개막 때 베이징을 방문해 숭국 공산당 주석 시진핑(Xi Jinping, 習近平)에게 양해를 구했으리라 충분히 짐작이 간다.

21세기 대명천지에 영토적 야심을 갖고 인접국, 그것도 뿌리가 같은 슬라브 동족(同族) 국가를 무력으로 점령할 것이라고는 예상치 못했다. 군사, 국제정세 전문가들은 러시아의 침공 전쟁 개시 후 이런저런 분석을 내놓으며 전쟁이 예견되었다고 하나, 전쟁 개시 전에는 이 같은 주장은 소수 의견에 불과했었다.

푸틴은 공산체제가 해체된 러시아에서 종신집권 독재자로 군림하는 체제를 구축했다. 그는 늘상 구소련의 붕괴를 역사상 가장 큰 실책이라고 믿고 대(大) 러시아제국의 황제(차르, tsar)처럼 등극하고 싶다는 꿈을 품고 있었다.

이런 캐릭터라고 하더라도 핵 사용을 공언하면서 전면 침략 전쟁을 자행하리라고는 상상조차 할 수 없었다. 러시아의 성숙한 시민들이 그런 푸틴을 용납하지 않으리라 생각했다. 독재자 한 사람이나 그 권력 주변 소수 집단은 그렇다고 치더라도 러시아의 지식인과 평화와 정의를 사랑하는 언론인과 곧은 군인들은 다 어디 갔던가? 푸틴의 러시아에는 전쟁 억지 장치가 너무나 허약했다. 정녕 러시아 시민사회의 수준이 이 정도에 불과한가. 톨스토이, 도스토옙스키, 푸시킨, 차이코프스키 등 러시아가 배출한 거장들이 지하에서 통탄할 일이다. 이 전쟁으로 우크라이나의 무고한 국민들이 참화를 당하였고, 러시아 병사 6만 명 이상이 전사했다는 보도가 나온 지

오래다. 전쟁의 여파로 세계적으로 식량 위기, 에너지 위기, 교역 위기가 덮쳤다. 어려운 삶을 더 힘들게 하고 있다. 그런데도 중국의 시진핑은 푸틴을 지지하고, 북한의 김정은은 앞장서서 푸틴이 하는 짓에 동조하고 있다. 푸·시·킴(Pu·Xi·Kim) 연대 체제의 등장이다.

동천은, 도널드 트럼프(Donald Trump) 미국 대통령 때부터 미국의 패권 시대가 기울어져 가고 있다는 국제정치학자들의 주장에 동의하고 있었다. 푸틴은 이 세력 변화를 기회로 삼고 우크라이나를 침략해 세계적 규모의 난세의 문을 열었다고 나름 분석했다. 냉혹한 북방의 여우 푸틴은 현상타파를 선택했구나. 21세기 러시아 차르의 음험한 실눈이 떠올랐다.

동천은 푸틴의 만행으로 고통받고 있는 우크라이나 분들에게 알렉산드르 푸시킨(1799-1837)의 대표적 시를 들려주고 싶어 혼자서 낭송했다.

삶이 그대를 속일지라도

삶이 그대를 속일지라도
슬퍼하거나 노여워하지 말라
우울한 날을 참으면
기쁨의 날은 반드시 오리니

마음은 미래를 사는 것

현재는 언제나 슬프고
모든 것은 한순간에 사라지나
지나간 모든 것은 소중하고 그리워지게 된다.

〈 시(Xi) 황제의 등장 〉

동천은 한·일 월드컵 대회가 열린 2002년부터 중국어(중국식으로 표현하면 한어(漢語)) 공부를 시작했다. 서울변호사회 소속 변호사로서 중국과 중국어에 관심이 있는 회원들이 모여 중국문화연구회라는 동호회를 결성했다. 우선 중국어를 배우는 데에서 중국 문화에 접근하는 방법을 선택했다. 조선족 중국인이나 순수한 중국인인 한족(漢族) 여성을 지도 선생님으로 정하고, 1주에 1회 내지 2회(회당 1시간)씩 중국어 수업을 해왔다.

발족 초기에는 가입자가 100여 명에 달했으나, 세월이 지나가면서 회원 수는 급격히 줄어들어 10년 전부터는 상시 참가하는 회원은 10여 명으로 압축되었다. 코로나 팬데믹 이전까지는 그런대로 명맥을 유지해 왔다. 연말에는 한족 출신 장칭(長璟) 선생을 모시고 조촐한 송년 파티도 했다. 장칭 선생은 중국 천진(天津)시의 명문 학교인 천진사범대학(天津师范大学)을 나와 중국에서 교사로 재직하던 중 중국 소주(蘇州)에 있는 삼성전자 협력업체 사장인 한국인 남편을 알게 되어 결혼했다. 그녀는 한국에 와서 아들을 낳아 기르면서, 한국에서 중국어 학습 붐이 일자 교사로 나서 인기 있는 강사가 되었다. 여러 재판관들이 그녀로부터 배웠다.

장칭은 중국의 문화대혁명(1966-1976) 시기 학창 시절을 보내고, 1978년 이후 등소평이 추진한 개혁개방(改革開放) 정책 시기에 그 현장에서 살았던 세대에 속한다. 중국문화동호회 활동을 통해, 동천은 책이나 뉴스, 중국 관련 분석, 연구, 논평으로는 접할 수 없는 중국과 중국인의 속살을 약간이나마 알게 되었다. 중국의 젊은이들이 중국 공산당을 그리 좋게 생각하지 않는다는 점도 그렇고, 중국 공산당 간부들이 비교적 청렴하고 검약하다고 알려져 있으나 이는 외양만 그러한 허허실실이라는 점. 한국인과 비교해 보면, 중국인들은 명분보다는 실익을 추구한다는 점, 그래서 광대한 영토와 14억 인구를 가진 거대 공룡 국가가 공산당 독재하에 통치가 가능하다는 점. 중화주의가 중국 엘리트들에게 깊이 박혀 있다는 점 등등….

동천이 중국어를 익히고, 사마천의 사기(史記) 등 역사서를 탐독하고, 한·중 관계사에 대해 소논설을 발표하는 등 중국연구자 같은 행보를 해 온 것은 다 이유가 있었다. 동북아 비전과 한반도 통일전략을 구상하기 위해서는 중국에 대한 깊이 있는 분석과 이해, 통찰이 필수였기 때문이었다. 동천은 2002년 이후부터 기회 있을 때마다 중국의 여러 곳을 방문했고, 그곳 현지인들과 접촉을 넓히며 중국의 역사·전통, 현대의 중국을 이해하려고 노력했다.

동천은 개혁개방을 이끈 중화인민공화국 최고지도자인 등소평과 그 후계자인 장쩌민, 후진타오 주석들에게 호감을 가졌고 기대를 했다. 이들의 집권 기간 동안 중국·한국은 양국 국교 역사상 최초로 대등한 지위에서, 경제적 측면에서는 한국이 우위에서 상호 국가 관계를 우호적으로 수립하고 진척해 왔다고 생각했다. 양국 모두에 미증유의 경제적 성장 기회를 준 것도 사실이고, 특히 한국에게는 중국 특수로 인해 G20 국가에 진입하는 토대가 되었다.

그러다 등소평의 지도 방침인 도광양회(韜光養晦)가 시진핑 시대(2012-)의 대륙굴기(大陸崛起)로 바뀌자 동북아 질서와 세계 질서가 요동을 쳤다.

시진핑은 중국 공산혁명 1세대 원로인 아버지 시중쉰(習仲勳)의 후광을 업은 태자당 출신이다. 중국 명문대학인 칭화대학 화공학과를 졸업하고는 당 중앙군사위원회 판공청 비서로 들어가 이때부터 공산당 간부 경력을 차곡차곡 역임해 주석에 이르렀다. 동천이 보기에 시진핑은 중화사상에 사로잡힌 중국 국내용 정치 지도자였다. 외국과의 대등한 국제관계 수립과 협상, 교섭에는 관심이 없고 오로지, 중국 공산당 독재체제와 중화 중심 질서가 그의 머리와 심장을 지배하는 인물이었다. 실제로 시진핑은, 트럼프 미국 대통령과 대화하면서 '한국은 원래 중국의 일부'였다고 설명했다고 한다. 역사 날조 내지 왜곡이었다. 이런 시주석은 시황제 양태를 보였다. 중국몽, 일대일로, 역사공정, 한한령 등 외국에 대한 각종 규제 등이 그 심리 상태의 노골적인 표현이었다.

동천은 시진핑이 2023년부터 중국 공산당 주석 3기 연임을 시작하면서

부쩍 미국과의 G2 대결 구도를 강화하는 데 대해 매우 우려하였다.

시진핑은 공공연히 3기 임기 종료 연도인 2027년 이전에 대만 통일을 기치로 내세워 왔다. 푸틴의 우크라이나 침공을 예의 주시하면서, 대놓고 대만 점령 전쟁을 준비해 왔다. 미국에 대해서는 대만 문제는 중국의 국내 문제인 만큼 군사적 간섭 등 어떠한 형태의 개입도 완강히 배격하는 전랑외교(戰狼外交) 노선을 시행하고 있다.

동천은 최근 유튜브에서 유행하는 중국의 대만 침공 전쟁에 관한 동영상을 여러 편 살펴보았다. 동영상 파일은 대부분 서방국가나 국내에서 제작된 것이어서 중국의 패배로 종결되어 그나마 안도감을 느꼈다. 이런 류의 동영상에는 어김없이 북한 김정은의 대한민국에 대한 핵 위협과 도발 행위도 감초처럼 들어가 있었다.

동천은 1950년 6·25 전쟁 전후의 상황이나, 2020년대의 한반도를 둘러싼 국제질서와 세력 갈등 상황은 기본구조상 유사하고 관련 국가들이 한 세트로 얽혀 함께 돌아간다고 생각했다. 이 난세를 만나 한반도 통일은 더욱 요원해지는가? 그 돌파구나 해법(解法)을 어디에서 찾아야 하나? 그는 깊고 큰 숨을 여러 번 내쉬었다.

제2부
동북아의 최적 슈퍼 멘토를 찾아

충무로 세꼬시 횟집 방담

2023년 3월 10일 금요일 오후 7시 서울 충무로 있는 아담한 규모의 노포(老鋪) 횟집 통영집에 평소 공감대를 같이 하는 동천의 지인들이 모여들었다. 올봄 들어 첫 만남이어서 모두들 활짝 웃는 모습이었다.

동천의 S대학 동기 송(宋) 변호사, 한때 운동권에서 제법 이름을 알린 세칭 재야정치인 안공(公), 유력 일간지의 기자를 거쳐 독립 유튜브를 운영하는 언론인 우(禹) 기자, 대학에서 한·중·일 관계사를 강의하는 한(韓) 교수 등이 자리를 잡았다. 이들은 동천을 중심으로 이해관계 없이 자연스레 만나 친밀한 사이가 되었다. 이 시대를 보는 눈과 나라의 장래 그리고 통일에 대한 열정에서 뜻과 방향을 공감하기에 격의 없이 속내를 털어놓았다.

이 통영집 세꼬시는 아는 사람에게는 꽤나 소문난 메뉴서 이날도 이

김없이 식탁에 올라왔다. 이들 사이의 호칭은 이변(동천), 송변, 안공, 우 기자, 한 박사로 줄여 사용했다.

동천은 모처럼 만났으니 큰 잔으로 1배를 하자고 제의하자, 안공이 또 검찰 폭탄주 버릇 못 버렸냐고 핀잔을 줬지만, 그도 그 제안이 싫지는 않은 표정이었다.

안공이 "그럼 한 잔만 하자"고 다짐 조로 말했다.

우 기자가 이 집 단골인지라 잽싸게 주인을 호출하여, 술 마실 준비를 해 달라고 말했다. 주인은 익히 알고 있다는 듯이 환히 웃으며 바로 대령하겠다고 말했다.

이들 사이의 모임에는 으레 큰 술 – 동천은 폭탄주라는 말을 좋아하지 않아 늘 큰 술이라고 했다 – 한두 순배는 돌아갔다. 큰 술의 구성은 맥주컵에 맥주를 반 내지 3/5 정도 채우고, 그 위에 소주잔으로 소주 또는 양주 1잔 정도를 넣어, 흔들어 칵테일을 완성한다. 이는 기본 레시피이고, 제조하는 측이 임의로 자유롭게 변경해도 무방했다.

큰 술을 마시는데 중국 한(漢)나라 유방의 약법삼장(約法三章) 같은 암묵적 규칙이 있었다. 하나는, 큰 술을 권하기는 해도 강요하지 못한다는 원칙, 권주인지, 강권인지는 술이 거나해지면 구분이 모호해지나 서로 양해하는 분위기여서 이로 인해 다툼이 일지는 않았다.

이들 사이의 큰 술 마시기 필수규칙 중 다른 한 가지를 더 소개한다.

큰 술을 마시기 전에 꼭 폭탄사(辭)라고 명명한 코멘트 내지 음주사를 한 쪽씩 내놓아야 한다. 그 형식은 각 취향에 따르고, 주제도 자유롭고, 길이도 무한정이다. 이 코멘트가 일품이어서, 모임의 정취와 격을 고양시켜 왔다. 옆좌석 손님들 중에서 끼어들려 하는 사람까지 생길 때가 종종 있었다.

동천이 폭탄이라는 어감이 좋지 않아 다른 말을 찾아보아도 적절한 대체어가 떠오르지 않아 폭탄사를 그대로 쓰고 있었다. 때론 이 코멘트 가운데 폭발적인 환호와 웃음을 가져오는 예도 있어, '폭탄사라는 말이 생명력을 가지는구나'라고도 생각했다.

이런 자리가 있을 때면 늘 동천의 머리에 떠오르는 인물이 있었다.

검찰의 검사장 출신으로 한때 집권당의 대변인으로서 내로남불(내가 하면 로맨스 남이 하면 불륜)이라는 사자성어(四子成語)를 만든 중진 박 국회의원이다. 동천이 검사로 있을 때 박 검사장 밑에서 근무했다. 박 검사장의 개방적이고 진취적이며 자율과 창의를 존중하는 지휘방침이 마음에 들었다. 통상의 검사장들에게서 특징적으로 나타나는 권위주의, 형식주의, 검찰 우월주의 내지 선민특권의식과는 확연히 대비가 되었다. 동천은 이런 분이 검래 검찰의 지휘자가 되어야 검찰과 법무행정이 보다 민주적이고 나라의 질서를 반석에 올려 놓을 수 있다고 생각했다.

그는 다른 일반 검사들과는 달리 매우 유머러스했다. 딱딱하고 엄정한 검찰 업무 환경에서 그는 해학과 따스한 미소로 주위를 밝게하고 활기있게 이끌었다. 그래서 그의 주위에는 검찰 내의 3대 구라(口羅) 검사들이 모여들었고, 그 반열에 오르기 위해 자·타칭 구라꾼들이 출현하여 구라향연을 이루었다. 80년대, 90년대의 반 구라, 천 구라, 정 구라, 김 구라 등등이 그 면면이었다. 구라 향연과 폭탄주는 서로 시너지 효과가 있었다. 폭탄사에 심심치 않게 구라가 더해지면 분위기를 더욱 고양시키곤 했다. 검찰에 이 폭탄주를 도입한 분이 바로 박 검사장이라는 게 검찰 내의 정설이었다.

폭탄주는 원래 미국 동부지역의 산업도시에서, 미국인 근로자들이 퇴근 후 간이주점인 태번(Tavern)이나 바(Bar)에 들어가 마시던 칵테일의 일종이었다. 영어 표현은 Boiler-maker이다. 영어 사전에도 올라 있다. 맥주를 탄 위스키이니 바로 칵테일이다. 이 Boiler-maker가 1950년대 한국 전쟁 시기에 미군을 통해 국내로 들어와 한·미 장병들이 연합군으로 훈련·작전을 하면서 우리 군대에 도입되었다. 상무정신을 강조하는 군인문화와 한국인 특유의 빨리빨리 의식이 겹쳐 국내에 자리 잡게 되었다.

박 검사장도 1980년대 초반 춘천검사장 때 폭탄주를 접하고, 군대식 폭탄주를 검찰식 폭탄주로 재탄생시켰다.

군대의 획일적, 강압적 폭탄주 돌리기가 아니었다. 그의 지론에 따르면 폭탄주 제조는 상대방에게 봉사하기 위함이어서 우선 맛있게, 상대에 맞는 양으로, 자발적으로 마시도록 해야 한다는 것이다. 폭탄주는 이름값을 하는 위력이 있는 만큼 이를 경계하여 인사불성의 만취는 금기이고, 마시기 전에 폭탄사를 의무화했다.

동천은 한때 대전지방검찰청에 근무하며, 박 검사장으로부터 이런 폭탄주 예법을 전수받았다고 자부했다. 짧은 시간에 다수 참석자의 화합과 단결을 도모하는 데 술만한 것이 없었고, 그중에서 폭탄주 돌리기가 압권이었다. 물론 과음으로 인해 폐단이 없지는 않았지만, 그게 바로 폭탄주가 원인인 것은 아니고, 술이 갖는 기본 속성 때문이라고 봐야 한다. 검찰 고위인사들이 미국, 일본, 중국 등 외국의 검사들이 방한하여 만찬을 베풀 때 이 폭탄주가 자주 동원됐다. 일본 검사는 바쿠탄쥬라 했고, 중국 검사는 쨔탄주(炸彈酒)라 불렀다. 국외로 번져나간 K음주 문화가 아닌가 한다.

동천은 자신도 모르는 새 어느덧 폭탄주 애호가, 애찬가가 되어 있었다. 폭탄주 돌리기 규칙 중에 음주 횟수는 꼭 홀수로 한다는 게 있어서, 1시간이 지난 즈음 3순배가 돌았다.

이날 화제의 술안주는 단연 여당인 국민의 힘 대표 자리에서 쫓겨난 이준석과 성남 대장동 사건의 주역으로 지목된 이재명 더불어민주당 대표, 그리고 윤서열 대통령이었다.

여당인 국민의 힘의 친윤세력들이 얼마 전 국민의 힘 대표 이준석의 대표직과 당원권을 박탈한 일을 두고, 동천이 "될성부른 젊은 정치권 인재를 윤통이 왜 몰아내려고 안달인지, 이건 독재정치의 전조 같아"라고 한마디 던졌다. 이를 받아 송변은 "그걸 이제 알았냐. 윤통 불도저라는 것, 알만한 사람 다 알잖냐"고 응대했다.

안공은 "같은 S법대 동창인데, 좀 봐줘야지 않나. 국민들이 윤이 정치 잘할 거라고 뽑아 준 거 아니잖나. 이재명이 싫어서 선택한 건데 너무 기대한 게 잘못이지. 좀 더 두고 보자"며 윤통과 S법대 동창이라는 학연을 들고 나왔다.

그러자 우 기자는 "윤통의 정치권 지원세력은 부산·경남의 김 씨 계인데, 이들 모두 친이 계열이고, 박근혜 대통령 탄핵 주도 내지 찬성파들이지. 준석이는 대선 때 완전히 윤의 눈 밖에 났다고. 천재지모형 준석이와 직구 저돌형 석열이는 애초 안 맞아"라고 정치 스타일 비교를 했다.

한 박사는 이틀 전 끝난 국민의 힘 2대 당대표 선거를 거론했다. "윤통은 이번 당 대표 선거를 통해 국민의 힘을 윤석열 당으로 만들었어. 윤 충성파인 김기현 당선을 위해, 안철수, 나경원 등 유력 경쟁자를 다 중도에서 주저앉혔지 않나. 이준석의 지지를 받는 천하람으로는 역부족이고, 공정한 게임이 아니더라"며 나름의 분석을 했다.

동천은 "윤통이 국회를 빼놓고 국정의 모든 권력을 장악했으니, 아마 반대·비판의 목소리 높이기 어려울 것"이라며 우려했다. 우 기자는 "아직 KBS, MBC, YTN 등 일부 방송은 좌파 언론인들이 쥐고 있어서, 윤통과 큰 충돌이 있을 거다. 방송매체 이사장, 사장들 문통이 임명했는데, 정권 바뀌어도 버티고 있다니까. 자유 우파가 제대로 국정 운영하려면 공영방송을 바로잡아야 하는데 뭐 하는지 모르겠네"라며 방송개혁의 가속을 촉구했다.

동천은 "우리 국내 정치인들 가운데 미래에 희망을 둘 만한 인물이 있나"라고 의견을 구했다. 다들 머뭇거리며 동천에게 '글쎄 그게 문제지', '여의도에는 없지', '새 인물이 나와야지'라는 반응이자 탄식이었다.

대통령의 최적 멘토는?

2023년 새해 들어서도 한국의 정치권 특히 여의도 국회에서는 날만 새면, 이재명 관련 형사사건 수사 특히 대장동 사건 공방으로 진을 빼고 있었다. 윤석열 대통령은 경색된 한·일 외교 관계를 풀기 위해 방일하여 양국관계를 비교적 정상궤도에 올려놓았다는 평가를 받았다. 그러나 야당과 이에 동조하는 세력들은 정부를 친일세력으로 매도했다. 장관 등 주요 공직자에 대한 인사청문회는 파행이 다반사였고, 국회에서 통과된 법률안에 대해 대통령이 거부권을 행사하는 사례도 늘고 있다. 정부 즉 대통령과 의회 다수당이 자파 이익만을 내세워 대결·투쟁을 마다하지 않았다.

윤 대통령은 취임 후 1년이 지나가도록 전직 대통령과 공식면담을 갖지 않았다. 문재인 전 대통령이 그렇게 했으니, 따른 것인지 알 수 없다. 그러니, 야당 대표와의 면담은 언감생심이다. 대한민국은 건국 75년이나 되었고, 10여 명의 전직 대통령이 재임했으며, 현재 이명박, 박근혜, 문재인 등 3분이 생존해 있다. 대통령의 멘토론 누가 가장 적합할까. 대통령, 그것도 이 나라 대통령을 해본 사람이 가장 최적일 것이다. 반면교사일지라도 말이다.

그런데 윤통이나 문통은 어찌하여 이런 기가 막힌 멘토를 사장시키고, 도사·술사나 풍수·지관 또는 고루하기 짝이 없는 정계 고물들에게 귀를 기울이는지 알다가도 모를 일이었다.

'이런 우리 정치풍토에서 남북통일의 길을 열 수 있을까? 나라를 살찌우고 이 땅에 사는 사람들에게 삶의 보람을 갖게 하고 북쪽 2,500만 동포를 구하는 길은 없는가?' 동천의 번민은 더욱 깊어갔다.

제주도와 대마도

2023년 5월 27일 동천의 S법대 동기 일행이 부부동반으로 1박 2일 대마도 여행길에 올랐다. 부처님 오신 날 연휴를 맞아 해외여행에 나선 것이다. 10년 전에 1차례 다녀왔지만, 코로나19 이후 가벼운 기분으로 한반도와 최근접한 대마도를 여행지로 잡았다. 동천과 민변(民弁) 소속 중진 변호사인 박호리가 주도해 추진했다. 그는 대다수 동기들과는 달리 중도좌파 성향이어서 모임에서는 항상 소수 의견을 대변했다. 15커플이 참여했으니 성황이었다.

5월 27일 오전 10시 부산항국제여객터미널에서 쾌속선에 승선하여 불과 1시간 남짓 사이에 대마도 북단의 히타카츠(比田勝)항에 도착했다. 부산항을 출항하자, 금세 전면에 대마도 섬의 윤곽이 검푸르섬하게 눈에 들어왔다. 부산에서 대마도까지 직선거리는 49.5km에 불과하다.

영국과 프랑스 사이의 도버해협(프랑스에서는 칼레해협) 폭은 35.4㎞로 매우 좁다. 대한해협도 세계에서 비교적 좁은 국제 해협에 속한다. 아시안게임 수영 영웅인 조오련 선수가 거친 현해탄 파도를 헤치고 수영으로 대한해협을 건너갔을 정도로 가깝다.

대만해협은 대륙 중국과 131㎞가 가장 좁은 폭이다. 전라남도 해남도에서 제주까지 거리는 약 80㎞이고, 한반도에서 울릉도까지 거리 중 가장 가까운 곳은 후포항인데 159㎞나 된다. 그런데 일본 큐슈에서 대마도까지는 138㎞이고, 대마도에서 가장 가까운 섬 이끼(一岐)까지는 약 50㎞이니까, 부산과 거의 같다. 일본 땅보다 우리 한반도와 더 가까운 그러나 일본이 실효 지배하는 대마도.

동천은 옆자리에 앉은 박호리에게 "대마도가 이렇게 지척에 있는데, 우리가 너무 무심했네"라고 말을 건넸다.

그러자 박 변호사가 "그러게 말야. 임진왜란 때까지만 해도 대마도는 조선 조정의 관직을 받았다고 하지. 또 조선 지도를 설명할 때는 으레 백두산이 머리가 되고, 태백산맥이 척추이고, 영남의 대마도와 호남의 탐라를 양발로 삼는다는 기록도 있다고 한다"며 호응했다. 시인이기도 한 그는 역사에도 수준 높은 지식을 쌓고 있었다.

동천은 박변에게 이승만 초대대통령이 일본 정부에 대미도 빈환을 공식

외교문서로 통고한 사실을 거론했다.

박변이 "그런 얘길 듣기는 했지만"이라고 하자, 동천은 기다렸다는 듯이 "이승만 대통령은 1948년 8월 15일 정부수립 직후 바로 일본 정부에 일본은 태평양 전쟁 패망 후 불법 점거한 영토를 반환하겠다고 국제적 약속을 했으니 지체없이 대마도를 반환해 달라고 촉구했지. 이 대통령은 이런 요구를 해마다 외교문서로 일본 정부에 전달했다네. 그의 선견지명과 애국심에 감동하지 않을 수 없다네"라고 설명을 했다. 이런 열띤 대화를 듣고 있던 동기회장 김태화가 "이제는 일본 영토에 들어가니 영토 주장을 삼가게. 입국 거절될지 모르니까"라고 주의를 줬다.

동천은 고개를 끄덕였다.

오래전부터 품어 온 우리 역사에서 이해하기 어려운 한 가지 미스터리를 떨칠 수 없었다.

'부산 앞바다 해변에서 눈앞에 빤히 보이는 대마도는 우리 민족의 강역으로 확보하지 못했다. 그 반면, 그보다 몇 배 떨어져 육지는 고사하고 연안 근해(近海)에서도 볼 수 없는, 울릉도와 제주도(탐라)는 우리 강역으로 확보했다.'

이 모순을 어떻게 풀어야 하나, 미래 어느 시기에 이 문제는 한·일 사이에 '독도와 대마도'를 두고 결정적 해결을 해야 할 과제로 등장하리라고 전망했다. 그래야 진정한 의미에 있어 한·일간의 평화, 호혜, 공동번영이 있으리라 생각했다. 여기에 서해 남단의 해역 요충지, 제주 주변 해양의 문제도 한·중·일이 함께 풀어야 하지 않을까?

〈 물은 속성상 단절할 수 없다 〉

대한해협을 건너는 여객선상에서 격랑을 이루며 세차게 흘러가는 검푸른 바다를 바라보며 동천은 문득 이런 생각이 들었다. 물은 속성상 단절할 수 없다.

'바다는 어느 누구도 독점해서는 안되는 인류 공통의 자산'이라는 원칙이 동북아에서도 지켜져야 한다. 바다를 지배하는 자가 세계를 지배한다는 19세기 이래 제국주의 시대는 역사의 유물이 되었다. 인류를 위해, 바다를 지키고 활용하는 자가 세계를 주도할 것이다.

동북아 지역 바다를 평화와 번영으로 이끌어낼 지혜를 가진 최적의 역사상 멘토는 누구인가? 우리의 시대적 과제를 푸는 데에는 우리 역사에서 슈퍼 멘토를 찾아보는 것이 탁견이 아닐까? 동천의 궁리는 여기까지 닿았다.

역사 현장 답사

책상머리에 앉아, 수많은 역사·지리 책을 읽고, 흔한 유튜버 영상과 해설을 살핀다고 해도 이해에 한계가 있다. 그보다는 직접 한반도 주변 역사 현장을 답사하는 게 중국·일본·러시아에 대한 과거·현재를 제대로 파악하는 첩경이다.

백문불여일견(百聞不如一見)이라 했다. 동천은 이런 관점에서 대학동기들에게 한반도 주변을 순차로 공동 답사 해보자는 제안을 했다. 일부의 반대도 있긴 했으나 20여 명의 동기들이 적극 호응하여 2010년대부터 해외 답사를 해왔다. 백두산과 금강산은 진즉 다녀왔던 터였다.

그 첫 번째 대상이 일본이었는데, 동기들 상당수가 일본서 공부하거나 직장·사업 등으로 교류가 많아 일본 전문가 수준에 달해 있었다. ① 1차는 대마도, ② 2차는 나고야, 나가노, 다테야마, 교토, 오사카였다. 일본에 대한 입장은 둘로 나눠진다. 친일·반일을 넘어서서, 일본과 상호 협력·공영을 추구하자는 주장과 다른 하나는 일본은 언제나 잠재적 위협인 만큼 경계의 대상이므로 협력과 경쟁의 긴장 관계를 유지해야 한다는 입장이었다.

그 다음이 러시아였다. 한반도와 인접한 블라디보스토크와 하바롭스크를 여행했다. 블라디보스토크에서는 시베리아 횡단 열차를 타고 하바롭스크로 가서 아무르(Amur)강에서 유람선을 탔다. 아무르강의 중국식 이름은 헤이룽강(黑龙江)이다. 내몽고에서 발원하여 시베리아를 거쳐 태평양 오호츠크해로 흘러가는 전장 2,824km의 세계 10대 장강이고, 동북아 지역의 최장 길이의 강이다. 역사적으로 다양한 북방민족이 삶을 이어 왔던 고장이다. 아마, 인근 바이칼호수 주변에서 생활하던 우리 민족의 조상들도 아무르강을 따라 만주로 이주하고 다시 따뜻한 남쪽을 향해 한반도로 왔고, 이어 일부는 일본으로 건너갔을 것이다. 아무르강은 스케일이 커서, 넓은 곳은 강이 아니라 바다였다. 러시아 철갑상어의 주산지가 이곳이다. 원주민 관련 역사관에 전시된 19세기 러시아의 시베리아 개척기 때 촬영한 원주민 사진을 보면, 영락없는 몽골리안이고 옛 화전민촌에 살던 우리 땅의 주민과 다를 바 없었다.

동천은 아무르강의 이름이 어떤 뜻인지 알아보았는데, 알려주는 자료가 없었다. 그래서 동천은 가설을 하나 세웠다. 아무르는 〈아+불〉의 합성어이고, 발음의 편의상 아무르가 됐다. "아"는 인간이 내뱉는 가장 흔한 감탄 발성이다. 물은 수(水)를 뜻한다. 오랜 고대에 이 큰 강을 마주 보던 원주민들은 '아무~르'라고 했을 법하다. 그게 강의 이름이 됐을 것이다. 그러니 아무르강은 우리 민족의 고대 역사와 깊은 연관이 있다고 주장했다. 이에 대해, 아무도 특별한 반론을 제기하지 못했다.

러시아 극동 연해주는 조선말 일제강점기 때 독립운동과 관련한 가슴 아픈 고난의 역사가 담겨있는 곳이다. 1909년 10월 26일 이토 히로부미를 징치한 안중근 의사는 블라디보스토크에서 출발하여 하얼빈으로 갔다. 그보다 앞선 1907년 이준 열사와 이상설은 블라디보스토크에서 시베리아 열차를 타고 네덜란드 헤이그 평화회의장으로 향했다. 이준은 대한제국 법관양성소 1회 졸업생으로 검사보를 지냈다(법관양성소는 서울법대 전신으로 간주하고 있다). 요즈음 정쟁의 대상이 되고있는 홍범도 장군과 만주의 항일독립군이 봉오동·청산리 대첩 이후 일본 관동군(日本 關東軍)에 쫓겨 러시아 영토로 피신한 곳도 연해주, 특히 우수리스크 지역이었다. 최재형은 이곳을 근거로 독립투쟁을 벌인 위인이었다.

동천은 광활한 자작나무 평원지대를 지나가는 시베리아 횡단열차에서, 고래로부터 부침은 있었지만 우리 민족이 만주·극동 시베리아 지역에서 면면히 삶을 이어왔던 현장을 확인할 수 있었다. 지금도 만주 동북 3성(三省)과 러시아 연해주 지방에는 100만 명에 이르는 우리 민족이 민족 전통을 보전하며 한국어로 소통하는 공동체를 유지하고 있다는 사실을 알고서 그 역사의 무게에 가슴이 먹먹해졌다. 중국 길림성 연변지구는 그렇다 하더라도 우수리스크의 한인 학교와 한국 마을에 사는 까레이스키는 놀라움 그 자체였다. 그들에게 대한민국은 파라다이스였고, 자부심이며 희망이었다. 10대 까레이스키의 코리안으로서의 자긍심을 우리가 지켜내고, 그들의 소망을 실현토록 하는 방안은 없는가? 막연한 공상 소설이 아니라 실현 가능한 미래 비전, 통일과 번영의 북방구상을 창안할 수는 없는가? 동천은 생각의 심연에 빠져들었다.

중국 즉 대륙 중국은 동천의 동기들이 진행해온 역사답사의 중핵 지역이었다. 1978년부터 시작한 등소평의 개혁·개방정책과 노태우 대통령의 북방정책이 서로 맞아떨어져 1992년 한·중 수교가 이루어졌다. 이후 30여 년간 한·중 교류는 상호보완 관계로 양국의 성장에 지대한 기여를 했다. 양국간 교역은 비약적 발전을 이루었고, 이 기간 중 한국은 G20 국가에 진입하고 10대 경제 대국으로 명실상부한 선진국 대열에 진입했으며, 1인당 GDP는 3만 달러를 넘어섰다.

중국의 성장은 가히 천지개벽이라 할 만하다. 일본을 제치고 G2 국가가 되었고, 미국의 경제력을 추격하는 양상이다. 2012년 시진핑 집권 이후 중국몽과 일대일로를 기치로 내걸고 노골적으로 미국에 도전장을 내밀고 있다. 작금에는 미·중 대결이 국제 환경의 기본 상수가 됐다. 시진핑은 전랑(战狼) 스타일로 미국 주도 일극(一極) 체제에 도발하고 있는 양상이다.

동천은 개인적으로도 중국 대륙을 여러 번 여행했다. 베이징, 상하이, 시안, 션양, 옌비엔, 창샤, 쿤밍 등등, 그 밖에 타이완의 타이베이, 홍콩도 여행했다. 동천은 삼국시대 촉(蜀)나라의 재상 제갈량을 숭상하여, 사천성 성도를 여행 대상지로 아껴두고 충분한 기간동안 답사하려 했다가, 2019년 중국 우한(武漢)시에서 발생한 코로나19 팬데믹 영향과 최근 한·중 관계가 악화되어 뜻을 이루지 못하고 있다. 동천은 공명의 출사표(出師表) 전편(前篇)을 중국어로 욀 정도로 공명 덕후다.

동천의 대학 동기들은 각자 중국 여행 경험이 다양해서 목적지 선정에 갑론을박이 있었다. 결론은 우리와 지리적으로 최근접하고 역사적으로 긴밀했던 산둥성의 산둥반도와 태산(중국 황제들의 봉선 의식이 행해지는 곳)으로 정해졌다.

한·중 관계의 역사성이 깊은 산둥성 지역은 추로의 고향, 신라 장보고의 법화원 등 이루 말할 수 없는 역사의 파노라마가 있는 곳이고, 태산은 중국 황제 체제, 중화질서의 상징적 장소다. 태산에서 봉선 의식을 거행해야 황제로서 천하의 주인이라는 정통성을 부여받는다. 이 지역을 방문하면서 동천의 동기들은 한반도와 중국 연안은 거리상으로도 너무 가깝다는 점을 실감하였다. 사마천의 사기를 들먹이지 않더라도 2,000년 이상 한반도는 중국과 관계를 맺고 중국이라는 불변 조건과 부딪치며 생존해 왔다는 사실을 알게 되었다.

이 지역은 중국 유교 문화의 산실, 즉 공자, 맹자의 탄생지이기도 하다. 동아시아의 정체성에는 ① 한자, ② 유교, ③ 불교라는 3요소가 있다고 한다. 한국·중국·일본은 이 3가지를 공유하고 있다.

동천은 춘추전국시대의 연(燕)나라 영역이었던 요동지역과 산둥반도는 모용 씨(氏)가 지배했다는 점, 이 모용 씨는 조선족과 깊은 연관이 있었다는 점 등을 상기했다. 실제로 부여나 연나라는 동족이어서 상부상조했다고 한다. 동천은, 황하 서쪽 황토지대의 진(秦)나라가 천하를 통일하여 중원을 장악하고 이후 지배 왕조가 동진하여 한족이 주변 민족을 외곽으로 밀어냈다고 분석했다. 조선족의 활동영역이 산둥반도에서 요동으로, 요동지역에서 만주로, 만주지역에서 한반도로 축소된 것이라고 해석했다.

21세기 현금 대한민국은 어느 지점에 있고, 어디로 향해야 하는가? 거대한 중국 앞에 선 대한민국의 활로는 어디에 있는가? 동천은 중국 답사 내내 이 생각에 잠겼다.

〈 김춘추를 슈퍼 멘토로 〉

동천은, 내내 고민해온 동북아, 한반도 그리고 남북통일의 과제와 문제에 대해 슬기롭게 대처할 수 있는 방책을 알려줄 수 있는 역사상 인물을 물색해 보았다. 그분을 모셔와 대화하고 싶었다. 가능하다면 꿈에서라도….

여러 선택 대상 역사 인물 중 제1은 신라의 김춘추, 다음은 조선의 이순신, 대한민국 건국 이후로는 이승만 등이었다.

동천은 이 역사적 인물들의 공통점을 찾아냈다. 먼저, 이들은 동북아 지역에서 국제질서가 요동칠 때, 흔한 수사로 하면 천하대란의 시기에 활약했다. 다음 이들은 모두 국내외 질서를 정립하는 전쟁을 치르는 과정에서 전쟁 지도자였다. 그리고 이들은 살아있는 동안 견디기 어려운 간난고초를 겪었으나, 그들의 뜻과 목표를 이루지 못하고 세상을 떴다. 끝으로, 이들 지도자들은 그들 시대에서 늘 논란의 중심에 서 있었고 강력한 배척 세력이 존재했으며 모함과 음해에 시달렸다.

동천은 자신의 능력 한계를 깨닫고, 최종적으로 삼국통일이라는 성공역사를 기록하게 한 김춘추를 한반도 역사상 최적의 멘토로 삼기로 했다.

동천은 시공을 초월하여 김춘추에게 질문하고 답을 얻는다면 환상적이리라 상상했다. 김춘추 시대와 상황이 다른 문제는 이순신과 이승만에게 자문하면 어떨까 상상의 나래를 펼쳤다. 동천은 이런 결심을 한 이후 나름 김춘추에 관한 연구에 매진하다 여러 전문가들과도 접촉했다. 그러다 삼국사 연구의 고수로 알려져 있으나 신변 노출을 꺼리고 은둔거사를 자처하는 한통일 선생을 만나게 되었다. 그는 자신이 시공을 초월하여 때때로 김춘추 등 역사 인물들과 교감을 나눈다고 말할 정도로 기인이기도 했다. 삼국사에 관한 그의 역사 유튜브는 구독자 100만을 넘긴지 오래다. 그에 대한 평가는 극과 극을 오간다. 황당무계한 요설가에서 이제껏 보지 못한 현대판 선지자까지.

제3부
춘추(春秋)는 이렇게 말했다

경주 백률사(栢栗寺)의 인연

　한반도의 동남쪽 동해 바다 가까운 지역에 경주시(慶州市)가 자리하고 있다. 이 구석진 지역을 터전으로 삼아 삼한(三韓) 중의 진한(辰韓), 뒤이어 신라가 흥기하여 서기 7세기경 백제, 고구려를 제치고 삼국통일의 대업을 성취했다. 그 신라는 한반도에서 최초로 통일 국가를 세웠다. 시조 박혁거세로부터 991년의 경이로운 역사를 지닌 천년 왕국이었다. 우리 역사에서 가장 오래 존속한 나라다.

　경주는 세계사에서도 손꼽는 고도(古都)다. 비견할 수 있는 천년고도로는 이탈리아의 로마, 중국의 시안(西安, 옛명 장안), 이집트의 카이로 등 몇 되지 않는다. 그래서인지 동천은 경주에 올 때마다 묘한 역사의 중압감을 느꼈다. 이 지역을 무대로 하는 천년 영욕의 장대한 파노라마가 물결치며 펼쳐지는 느낌을 받았다. 그만의 특별한 감흥은 이닐 것이다. 1,000여 년 된

고도의 유적을 거닐 때면 누구라도 경외감을 가지기 마련이다.

이 경주에 백률사라는 아담한 절이 있다. 경주시 동천동 소금강산 중턱에 있는 이 절은 불국사(佛國寺)의 말사(末寺)다. 신라 법흥왕 15년에 창건되었다. 서기 527년경(528, 529년) 불교 포교를 위해 이차돈(異次頓)이 순교를 자청하여 그의 목을 베자 목에서 흰 피가 솟구쳤다. 이차돈의 목은 하늘 높이 솟구쳤다가 소금강산 자락에 떨어졌다. 바로 그 자리가 이 절터라고 한다. 당시 신라인들이 이차돈을 추모하기 위해 절을 세워 자추사(刺楸寺)라 했는데 훗날 백률사로 바뀌었다. 대웅전에는 국보 328호 금동약사여래입상(金銅藥師如來立像)이 있고, 마애탑, 굴불사지 석불상(掘佛寺址 石佛像, 보물 121호) 등 유적이 다수 현존하고 있다.

백률사는 경주 시가지에서 떨어진 아늑한 산자락(소금강산)에 있고, 이차돈의 이적이 역사설화로 남아 있는 유서 깊은 사찰인지라 1960년대부터 영남지역 출신 법대생들이 이곳에서 고시 공부를 해왔다. 소금강산과 사찰의 정기가 공부와 고시 합격에 힘을 보태리라 기대한 것일 게다. 하늘에 기도하는 또 다른 심경이다. 동천의 S대학 법대 친구들도 여럿이 이곳에서 공부했다. 동천은 백률사에 방이 없어 경주에 연접한 포항시 수도산에 있는 관음사(觀音寺)에서 공부했다. 관음사 주지 일하(一下) 스님은 전부터 인연이 있는 분이었다. 공부에 지치거나 분위기 전환을 위해, 백률사의 친구들을 만나러 그 절을 가끔 찾아갔다. 탁 트인 시야와 사찰의 기품에 매료되었다. 이렇게 백률사와 인연을 맺었는데 2000년대 들어서는 한통일 교수를 알게 되어 이 절과 더 깊은 인연을 맺게 되었다.

수년 전, 이동천이 김춘추에 주목하고 이에 관한 조사를 하면서 사학계에서 은둔의 고수로 알려진 한통일 교수를 소개받았고, 그를 만나자마자 알 수 없는 연대감을 갖게 되었다. 의기상통이라고 할까. 그와는 1년 중 계절마다 만나 자유방담을 해왔다. 그는 백률사에 가까운 암굴(岩窟)에서 때때로 1주간씩 명상수도를 해왔다는 것을 철저히 숨겨왔다.

동천이 올해 가을 경주에 거주하는 고등학교 동기의 아들 혼사에 갔다가 짬이 나서 백률사를 찾아갔을 때이다. 백률사 주지스님께 인사를 드리자, 주지스님이 소금강산에 기인이 있다면서 마침 명상기간이 지났으니 만나보기를 권했다. 그가 생활 한복(韓服)을 하고 나타나자 동천은 이런 기막힌 인연에 놀라지 않을 수 없었다. 그도 동천을 보자 그냥

"어 이런… 이 공… 이 공"이란 말만 되풀이 했다.

이런 기연에는 필시 하늘의 뜻이 스며 있다고 직감한 동천은 한 교수에게 "오늘과 내일, 경주에 머물려고 합니다. 별일 없으면 푸근하게 술 한잔합시다. 이곳 감포 해변, 횟집 좋습니다"라고 저녁 초대를 하자, 한 교수는 기다렸다는 듯 "한 열흘 금주, 금육 했는데, 마침 잘 됐군요. 내가 단골인 감포 횟집에 갑시다"라고 응대했다. 금육은 육식(肉食)을 금했다는 뜻으로 받아들였으나 더 넓은 뜻이 있으리라 추측했다.

이날 저녁 동천과 한 교수, 그리고 경주에서 병원을 운영하는 동천의 친구 김호 원장은 경주에서 자동차로 약 40분 걸리는 감포읍 대본항의 횟집을 찾았다. 김호 원장은 경북의대를 졸업한 정형외과 전문의사인데, 고향 경주에서 개업을 했다. 성격이 툭 트여 있어서 주변에 사람들이 모여들었고 세월이 가며 이 지역에서 나름의 주요 인사가 되었다. 선거철이면 여·야를 막론하고 김 원장의 지지를 얻기 위해 애를 쓴다. 김 원장의 전문 과목이 외과여서 경주·포항 일대의 주먹패나 건달들이 사고를 치고는 김 원장 병원 신세를 지는 일이 다반사였다. 김 원장은 이들에게도 비교적 인간적 대우를 하고, 바른길을 걷도록 조언도 해서 그들의 뜻 아닌 숭상(?)마저 받고 있었다. 간혹 진료비를 받지 못해도 눈감아 주는 일도 더러 있어서, 김 원장이 이 일대 조폭 대부라고 헐뜯는 이들도 있었고 풍문도 나돌아다녔다.

가을날 주말에는 감포 해변에 행락객이 몰려 이름난 해변 맛집은 예약도 어렵다. 그러나 김 원장은 이곳 터줏 인사답게 횟집에 자리를 잡았고 낙조의 시간에 별도의 방에서 탁 트인 동해 바다, 출렁이며 노래하는 파도를 보며 술잔을 나누었다.

김 원장과 한 교수는 처음 인사를 나눈 사이인데도 마치 백년지우(百年之友)를 만난 듯 서로 호감 어린 눈길을 보냈다. 유유상종(類類相從)이라던가. 동천의 제의로 맥주와 소주를 섞어 폭탄주로 만들어 한 잔씩 목에 넣었다. 지척 거리에 있는 문무대왕 해중릉 방향을 보며 동천은 "문무왕이 오죽했으면 왜적을 막기 위해 바다에다 왕릉을 만들라고 했을까? 해중왕릉이나 만파식적(萬波息笛)은 난세를 말해주는 상징 아닌가? 자 이제 이 시대를 헤쳐가기 위해 만파식적주(萬波息笛酒) 한 잔 더"라고 분위기를 더욱 띄웠다.

이를 받아 한 교수는 "만파식적주는 발음이 어려운데 요즘 식으로 난세식지주(乱世息之酒)로 하면 어떤가"라고 하여 모두 좋다고 하고는 한 교수가 위스키와 소주, 맥주를 섞어 휘휘 돌려 유리잔 속 술을 난세로 만들어 내놓은 신상 칵테일 난세식지주를 각자 거침없이 난세를 삼킬 듯 입속에 부었다. 마음 맞는 동무가 함께 자리하고, 옥반가효가 반상에 넘친다고 해도 술 한잔이 없다면 만남과 연회는 생기 없는 정물화가 될 게다.

세 순배의 술에 약간 취기가 오른 동천은 김 원장에게 다음 잔의 주권(酒權)을 넘겼다. 김 원장은 "이곳 경주는 신라 고도이고 김춘추는 신라를 넘어 삼국통일을 이루기 위해 이 부근 바닷가에서 왜(倭)로 건너갔을 겁니다. 그의 지략과 용기를 기리면서 잔을 듭시다. 춘추를 위하여!"라고 건배사를 했다. 동천과 한 교수도 "춘추를 위하여"라 복창하고 흔연히 잔을 비웠다. 동해 청정 해역에서 따온 해조류와 생선회가 입맛을 돋우고 쉼 없이 전해지는 술잔으로 주석이 무르익자 세 사람은 격의 없이 자신의 소견을 터놓았다. 가정사, 자녀교육, 재산문제, 정치 등 온갖 세상사가 다 대화의 소재여서, 밤늦게까지 술자리가 이어졌다.

사실, 동천이 이날 한 교수와 함께하는 저녁 자리를 마련한 것은 그에게 꼭 알아 보고자 한 숙제가 있었기 때문이었다. 동천은 오늘 이때가 질문할 적기라 생각하고 한 교수에게 조심스럽게 말을 던졌다.

"한 교수님, 여기 경주는 여러 설화가 생성된 자리고, 지금도 민간 무속 신앙이 뿌리내려 꿈틀거리고 있는 듯합니다. 한 형도 토굴에서 명상 수도를 해오고 있고요."

말을 꺼내놓고 동천이 뜸을 들이자, 다른 두 사람이 "바로 본론으로, 뭘 알고 싶나요"라고 재촉했다.

동천이 말했다.

"역사적 인물과 시공을 초월해서 영적으로 교감할 수 있나요. 있다면 그 방법을 가르쳐 줄 수 있나요?"

한 교수는 주저 없이 바로 답했다.

"영적 교감! 가능하지요. 누구라도 신과 통할 수 있고, 또 우리는 제례를 통해 세상을 살고 간 존재들과 교감하지요. 문제는 영적 교감의 수준과 내용입니다. 이런 전제가 무너진다면 인간세상이나 종교는 성립할 수 없지요. 인간의 특성은 영적 존재에 있지요. 종교의 창시자, 철학자, 선각 대덕은 시공을 초월한 교감과 소통을 하고 있지요. 불가나 도교 등에서 해탈의 경지,

선계라고 하는 것 아닙니까. 불가에서는 과거는 말할 것도 없고 미래세계, 즉 내세(來世)까지 영적으로 인지한다고 합니다. 미륵 사상이 그것이지요."

한 교수의 설파에 푹 빠진 김 원장이 물었다.

"그럼, 한 교수님은 김춘추나 김유신과 시공을 초월해서 대담할 수 있을 것 같은데, 그런가요. 저는 김해 김씨 56세손으로 시조는 김수로이고, 중시조가 13세 흥무왕 김유신 장군입니다. 그래서 더욱 흥미롭군요."

한 교수는 이 말에 시인도 부인도 하지 않았다. 술기운이 몸에 돌고 있긴 해도 동천은 한 교수의 묘한 태도에 뭔가 깊은 뜻이 있구나 하는 생각이 들었다. 동천은 더 재볼 여지가 없다고 보고 다급하게 말했다.

"한 교수님, 김 원장, 나는 우리나라가 더 나은 미래를 이루기 위해서는 통일이 되어야 한다고 생각해서 통일 문제에 대해 연구·조사를 해 왔습니다. 그런데 요즘 우리 정치권이나 사회 분위기에는 통일 담론이 사라지고 오로지 정쟁이나 사회분열만 격화되고 있으며, 통일 정책은 실종됐고, 전쟁 위험만 가중되고 있습니다. 그리고 동북아 정세도 날로 험악해져 당장 한반도에서 전쟁이 발발하더라도 이상할 것 없다고 할만한 상황에 있습니다. 이런 때, 현재 한반도 정세에서 이를 극복하고 통일과 번영을 이룰 수 있는 방책에 대해 우리 선각에게 지혜를 구하고 싶습니다. 그 선각 중에서 나는 김춘추를 먼저 선정했습니다. 이후 때가 되면 이순신 제독과도 대화하고 싶습니다. 부디 길을 만들어 주세요."

김 원장은 동천과 한 교수의 얼굴을 번갈아 살펴보고 있었다. 잠깐의 정적을 깨고 한 교수가 "한 잔만 더 합시다"라고 하여 동천이 "사부님으로 모실 터이니 부디 소인의 청을 가납하소서"라고 농을 하며 잔을 만들어 돌렸다. 한 교수는 결심이 선 듯 담담하게 말했다.

"이 공, 그리고 김 원장님, 소생은 서울에서 대학을 마치고 미국 H대학에서 경제사학을 전공하여 박사학위를 받았고, 일본의 T대학 그리고 상하이의 F대학에서 방문학자로 있으며 강의도 했습니다. 그러면서 한국사 중 삼국사에 주목하고 공부와 연구를 했습니다. 동아시아 역사에는 중국의 영향이 절대적이지요. 그래서 한문과 중국어를 열심히 공부했습니다. 일본어도 익혀두어서 일본 자료 보는 데 어려움이 없었지요. 삼국사를 살펴보면 신라는 후발주자인데 최종 승자는 고구려, 백제가 아니고 신라였습니다. 그 승리의 기틀과 설계를 김춘추가 놓았다고 보았습니다. 그 후 저는 김춘추·김유신 등의 사적과 관련 민간신앙까지 두루 살펴오고 있습니다. 때론 명상 중에, 꿈속에서 이들과 반가운 만남을 해왔고, 그때의 기억을 기록해 두기도 했습니다. 이 공이 간절히 소망한다면 소생이 춘추공께 말씀드려 답을 받아 보도록 하지요. 다만, 춘추공의 그 비답에 때론 오류가 있다는 점은 인정해야 합니다."

동천과 김 원장은 기뻐서 일어나 두 팔을 들어 물개박수를 쳤다. 그리곤

"고맙습니다. 고맙습니다."를 연발하였고 이에 대해 한 교수는 "한번 해봅시다"라며 두 손을 맞잡고 자리에서 일어나 동해 바다를 향해 깊이 머리 숙여 인사를 했다. 덩달아 동천과 김 원장도 동해를 향해 엎드려 절을 했다.

제1회 대화: 김춘추는 불세출의 영웅인가?

1. 만남을 열다

동천과 한 교수가 동해 바다 앞 횟집에서 극적으로 약속한 이후 양자간에는 춘추와 대화하는 방식과 주제 등에 대해 의견 교환이 있어왔다. 그들 사이의 결의 사항이다.

- 먼저 이동천이 김춘추에게 듣고 싶은 논제를 대화모임 1개월 전에 한 교수에게 제시한다.
- 다음, 한 교수는 20일 이내에 자료조사를 하고 명상과 춘추와의 영적 교감을 가진다.
- 영적 교감이 이루어지면 동천은 지체없이 대담 장소를 정하고 대화 모임 준비를 한다.

○ 대화 모임에는 한 교수, 동천이 추천하는 인사들도 참석하여 토의에 참여할 수 있다.
○ 대화 내용은 기록해 두고, 추후 공개하여 통일 운동에 기여토록 한다.

동천은 한 교수와 공동으로 작업을 하면서 한 교수의 또 다른 면을 보게 되어 다시 한번 놀라지 않을 수 없었다. 그가 역사학계에서 알아주는 AI(인공지능) 전문가라는 사실이었다. 한 교수는 한·중·일 역사 연구자 중에서 김춘추와 관련한 자료를 가장 풍부하게 수집하여 소장하고 있다고 귀띔을 해주는 이가 있었다. S대학 대학원 원장을 지낸 민 교수는 경제학자인데도 역사, 특히 중국의 위·촉·오 삼국 역사에 관심을 두고, 삼국지연의 등 삼국지 관련 서책과 비디오 등 자료를 방대하게 수집해 온 분이다. 그가 동천에게 한 교수의 김춘추 자료수집 사실을 알려 준 것이다. 동천이 한 교수에게 김춘추에 대한 역사적 사실관계나 제반 평가 등을 객관적으로 풀어 설명해 주는 것이 필요한데 어떻게 하면 좋을지를 물었다.

한 교수가 대수롭지 않다는 듯, "이 공, AI 김춘추를 원하세요?" 반문했다.

"아 한 교수님은 김춘추 관련 자료를 모두 디지털화 했군요. 거기에 AI까지 적용해서?"

"역사학도 등 누구든 시대의 흐름과 조화를 해야 합니다. 방대한 역사 데이터를 분석·처리하는데 컴퓨터나 인공지능을 활용치 않는다면 그런 부류

와는 시대의 현재와 미래를 논의할 수 없는 것이지요."

한 교수는 인공지능을 활용한 AI 김춘추를 구축하고, AI 김춘추와 가상 대화를 하는 방식이 아닌가 하는 일말의 의구심이 동천의 머리 한구석에서 떠나질 않았다. 대화 내용 가운데 AI 김춘추 부분과 영적 교감 김춘추 부분이 뒤섞여 나올 터인데 그때마다 한 교수에게 물어본다면 한 교수의 자존심을 심히 건드리게 될 거라 생각했다. 동천은 고민 끝에 그 판단은 오로지 자신의 몫, 고독한 책임이라는 결론에 다다랐다.

2. 운길산 수종사(雲吉山 水鍾寺)의 만남

2023년 10월 마지막 금요일 오후 6시경 도사풍의 외모와 차림을 한 60대 중반의 남자와 간편 등산복장을 한 4명의 남자들이 수종사 요사채에 모여들었다. 도사풍의 인물은 한통일이고, 나머지는 이동천과 그의 친구들이다.

동천은 대학 산악부 활동 때부터 가끔 이곳 운길산에 올랐고 북한강과 남한강이 만나는 양수리(두물머리)가 내려다보이는 수종사의 빼어난 경관을 바라보는 것이 큰 기쁨이었다. 자연스레 수종사의 스님과 신도들과 교분을 가져왔다. 동천은 춘추와의 대화를 갖는 첫 장소로 이곳이 최적이라고 판단하고 대여섯 명이 함께 지낼 수 있는 요사채 방을 얻어 두었다.

운길산 수종사는 서울 용산-강릉간 국철 노선의 운길산역에서 하차하면 걸어서도 1시간 반 정도면 운길산 산정 밑에 있는 수종사에 닿을 수 있다. 자동차로는 약 20여 분 소요되나 경사가 급하고 굴곡이 심하여 주의 깊게 운행해야 한다. 동천과 한 교수 일행은 운길산역 근처의 농가식당에서 간단히 저녁을 때우고, 동천과 한 교수의 차에 나누어 타고 수종사 입구까지 올라가서 주차하고, 그곳에서 200미터 떨어진 절까지 걸어서 올라갔다.

유유히 흐르는 두 줄기 한강이 만나서 드넓은 호수를 이루고, 이 물에 의지해 수도권 2,000여만 명이 생존을 이어오고 있다. 한강을 지배하는 세력이 한반도의 주인이 된다는 지정학적 테제는 지금도 유효하다. 춘추를 비롯한 신라지배층이나 백제·고구려의 지도자들도 1,300여 년 전 그때 그런 생각을 했음직하다고 생각했다. 시공을 초월한 변치 않는 순수 이성이 있는 거니까. 동천이 이곳을 춘추와의 대화 첫 만남의 터로 정한 소이(所以)가 여기에 있었다.

오늘의 주제는 '① 춘추 제대로 알기 ② 춘추는 영웅인가'이다.

한 교수는 자료조사와 명상·영적 교감으로 지쳐 있는 모습이 역연했으나 눈빛은 번뜩번뜩했다. 접신한 무녀나 신들린 사람의 표정이 이와 같은 것이리라 짐작하고, 동천은 한 교수의 표정과 거동을 세심하게 살펴보곤 했다.

3. 김춘추 제대로 알기

지피지기(知彼知己) 백전불태(百戰不殆)라고 했다. 춘추와 대화하기 위해서는 김춘추를 알아야 한다. 막연한 역사 상식으론 춘추와 깊이 있고 풍성한 대화를 하지 못할 것이다. 이 점을 염두에 두고 한 교수는 수종사 요사채 방에 자리하자마자 가방에서 꺼낸 노트북을 켜고 바로 태종 무열왕 김춘추 파일을 열었다. 동천과 동행들은 한 교수가 최신의 전자 디지털 기기로 정보자료를 수집하는 등 치밀하게 준비해 온 것을 금방 감지했다.

"시작할까요" 동천이 입을 뗐다.

"먼저 춘추에 대해 기왕의 역사자료와 데이터에 근거해서 김춘추를 알아봅시다. 필요한 범위에서 압축해서. 여기에는 이 사람의 주관적 또는 영적 교감은 개재되어 있지 않습니다. 약 1시간 분량입니다."

한 교수는 방에 비치된 LG OLED TV와 노트북을 연결하여 TV에 나온 화면을 보여주면서, 춘추에 대한 설명을 시작했다.

한 교수가 파일로 설명한 김춘추는 이러하였다.

〈 김춘추 약전(金春秋 略傳) 〉

O 김춘추는 603년에 태어나 661년 서거했다(58세). 654년 진덕여왕의 뒤를 이어 제29대 신라왕으로 등극하여(51세) 8년간 재위에 있었다.

O 골품(骨品)

신라는 골품제 신분사회로서 성골·진골의 귀족 계급이 지배계층이다.

춘추의 증조(曾祖)인 진흥왕의 첫째 아들인 동륜(銅輪)은 태자로 책봉되었으나 6년 만에 사망하였다.

진흥왕과 사도부인 사이의 둘째 아들인 사륜(舍輪)이 동륜계를 제치고 진지왕으로 즉위했다. 진지왕은 즉위 4년 만에 난정황음(乱政荒淫)으로 참살되었고, 동륜의 첫아들 백정이 즉위하여 진평왕이 되었다. 비형랑(鼻荊郎)과 도화랑(桃花娘) 설화에 따르면 진지왕과 도화녀(桃花女) 사이에 유복자인 사내아이 비형이 태어났다. 비형은 화태(禍胎)여서 궁중에서 은밀히 양육되었다. 비형은 비범한 역량을 보여 진평왕의 둘째 딸인 천명공주와 혼인하였고, 곧 회임하여 사내를 낳았다. 그가 춘추다. 비형이 곧 이찬 용춘(또는 용수)이라는 설이 유력하다.

춘추는 진흥왕의 증손자,

증조부는 신라의 영토를 한강유역까지 확장했고, 증손자는 삼국통일을 기획하고 성공으로 이끌었다. 진지왕과 서민인 도화녀 사이에서 태어난 비형은 서민의 골혈이 섞인 만큼 성골이 될 수 없다. 비형(또는 김용춘)이 진골이니 천명공주가 성골이어도 그 사이에 태어난 춘추는 진골이다. 춘추 이후 신라왕계는 모두 진골 출신이다.

김춘추 가계에 얽혀 있는 로맨스 설화가 흥미로운데 기회 닿으면 살펴본다.

○ 성장과정

진평왕은 왕위를 계승할 아들이 없던 차에 외손(外孫)으로 춘추가 태어난 만큼 춘추는 왕실의 환영을 받지 못했을 뿐만 아니라 요주의 대상이었을 것으로 추정된다. 김용춘은 왕실에서 유행하던 불교식 작명을 따르지 않고 유교식으로 아들 이름을 춘추(春秋)로 지었다. 역사에 빛나는 인걸이 되기를 염원한 것이다.

용춘은 당(唐)과 왜(倭)의 사신, 상인 또는 승려들이 서라벌에 오면 자택에 불러들여 바깥세상 돌아가는 소식을 접하고, 선진문물, 지도, 그림, 서책도 수집했다. 그래서 춘추는 어릴 때부터 외국 손님과 빈번히 접촉하였다. 뛰어난 용모와 총명으로 왜나 당의 언어를 습득하였고, 그들과 사교하는 예법도 익혔다. 김용춘은 설화상의 비형랑(鼻荊郎)으로 알려질 만큼 넓은 세상과 접촉해 왔고 귀신을 부린다는 평판에 걸맞게 기이한 행동들을 해왔을 게 분명하다.

춘추는 진골귀족 집단의 교육과정에 맞게 화랑도에 들어가 수련하면서 불교 경전과 한문을 익히고, 무예를 수련했다.

성년이 된 김춘추의 용모에 대한 역사 기록은 극찬 일색이다.

김춘추   ⓒ한동훈

일본에서 가장 오래된 역사서인 일본서기(日本書紀)에는 김춘추를 "용모가 아름답고 말을 잘한다(美姿顏 善談笑)"로 표현했다. 선담소는 말을 잘함에 그치지 않고 유머와 재치가 있다는 뜻이 담겨있다.

삼국유사에는 "춘추가 병사를 청하러 당에 갔을 때, 당의 황제 태종 이세민이 춘추의 풍채에 감탄하여 '신성한 사람(神聖之人)'이라 부르며 그를 당에 붙잡아 시위(侍衛)로 삼으려 했다"는 기록이 있다.

삼국사기 신라본기에는 "왕은 용모가 영특하고 어릴 때부터 세상을 다스릴 뜻이 있었다(王儀表英偉 幼有濟世志)"라고 적고 있다. 춘추의 용모가 특출하게 뛰어났기에 사가(史家)들도 이 점에 주목했다고 볼 수 있다. 풍모 관련 기록으로 보면 춘추는 7세기 동아시아에서 가장 인기 있는 꽃미남(美男) 대장부(大丈夫)다. 이렇듯 춘추는 외교관으로서 특출한 자질과 역량도 갖추었다.

○ 김유신(金庾信) 가계와 혼인동맹

김유신은 595년생으로 김춘추보다 8살 손위다. 김유신의 아버지는 김서현(金舒玄)이고, 할아버지는 김무력(金武力)인데 신라에 항복한 금관가야의 마지막 왕의 막내 왕자이다. 김무력 일가는 신라에 귀순하고 서라벌로 이주하여 진골 귀족으로 변신했다. 김무력은 무장으로 백제와의 전쟁에서 성왕을 죽이는 공을 세웠다. 김무력의 장남 서현 역시 무장으로 태수, 도독을 지냈다.

김서현은 호방한 무인이었다. 서라벌 길을 걷던 중 만명공주(萬明公主)를 보고 단번에 반하여 눈짓으로 꾀어서 야합(野合)했다. 만명은 진흥왕의 아우인 숙종흘의 딸이다. 숙종흘이 야합을 알고 딸을 옥에 가두자 서현이 파옥하고 만명과 함께 탈주했다. 이들 둘 사이에서 첫아들로 김유신이 태어났다. 이들 둘 사이에는 유신 외에 둘째 아들 김흠순, 첫째 딸 김보희, 둘째 딸 김문희 등이 있다. 김문희가 후에 춘추의 아내가 된다. 김유신 가계는 만명공주와 비정상적 방식으로 신라 왕실과 혼인하였던 만큼 진골 귀족 사회에서 주류가 될 수 없었다.

김춘추와 김유신의 둘째 누이동생 문희의 인연 맺기는 너무나 유명한 로맨스다. 삼국유사의 이 부분 설화의 요약.

김유신의 첫째 누이동생 보희가 서라벌 서악(西岳)에 올라 소변을 보았는데, 서라벌이 온통 소변에 잠겨버렸다는 꿈을 꿨고 이 얘기를 들은 동생 문희가 비단 옷감을 언니에게 주고 그 꿈을 샀다. 그 열흘 뒤, 김유신과 춘추는 유신의 집에서 축국(고대의 축구와 유사한 경기) 놀이를 했다. 이때 유신이 춘추의 옷깃을 밟아 찢어지게 하여, 수선을 하려고 먼저 보희에게 일을 맡겼으나 보희가 낯선 남자 옷을 꿰맬 수 없다고 사양했다. 그러자 문희가 나서서 춘추의 옷을 꿰매 주었다. 이를 계기로 춘추는 유신의 집에 빈번히 들락거렸고, 문희는 임신을 했다.

춘추가 정식 혼인 절차를 지연하자, 유신은 장작더미를 쌓아 놓고 불을 내 연기를 피우면서 "혼인도 않고 부모 몰래 임신했다. 태워서 죽이겠다"고 했다. 남산을 순행 중인 선덕여왕이 불난 곳을 가리키며 곡절을 묻자 신하들이 자초지종을 보고했다. 여왕은 수행 중인 춘추에게 "너의 짓이구나. 당장 가서 구하라" 명하였다. 이후 혼사를 올렸다.

이 유명한 혼인으로 춘추계와 유신계는 혼인동맹을 결성하고 이후의 신라, 통일신라를 이끄는 바탕을 이뤘다. 춘추계는 왕권을 쟁취하였고, 유신계는 군권으로 왕권을 지지했다.

김유신은 태종 무열왕 2년(655년) 환갑을 넘긴 나이에 무열왕의 딸인 지소(智炤, 智照)부인과 혼인하였다. 유신의 두 번째 정실이다. 이들 사이의 아들인 화랑 원술(元述)은 비운의 인물로 극화된 원술랑 설화로 유명하다.

○ 동아시아 전체를 무대로 한 광폭 대외교섭

춘추의 이력 중 흥미롭고 빛나는 행적은 대외교섭에 있다. 우리 역사에서 그만한 외교교섭 실례를 남긴 인물이 없다고 할 수 있다.

642년 선덕여왕 11년 춘추는 사신으로 고구려에 갔다. 백제의 군사적 압박에서 벗어나기 위해 고구려에 도움을 구할 목적이었다. 사신으로 가기 전 이 해에 백제 의자왕은 신라·백제의 요충지 대야성을 함락하고, 그 성주인 김품석과 그의 아내 고타소(춘추의 딸)를 죽이고 수급을 거두었다. 또 그 해 9월 연개소문(淵蓋蘇文)은 영류왕(榮留王)의 대당 유화정책에 불만을 품고 영류왕을 죽이고 보장왕을 보위에 앉혔다.

이 같은 급박한 상황에서 춘추의 고구려행 임무는 신라의 운명을 좌우하는 절박한 것이었다. 춘추는 고구려 보장왕과 실권자인 대막리지 연개소문을 면담하고 원병을 내어 백제를 견제해 달라고 청했다. 연개소문은 "죽령은 본디 우리 땅이다. 너희가 죽령 이북 땅을 돌려준다면 출병할 것이다"라고 역제안을 했다. 이 조건은 진흥왕 이래 확보한 한수지역의 신라 지배권을 포기하라는 것이다.

춘추가 거절하자, 고구려 조정에서는 춘추의 비범함을 알고는 장래 화근이 될 재목이라 생각하였고 연개소문은 60일간 춘추를 억류하고 죽이려 했다. 춘추는 교묘한 언변과 술수로 연개소문의 마음을 돌려 신라로 귀환했다. 유신은, 춘추가 고구려로 들어가기 전 만일의 사태에 대비해 국경지대에 정예군사 만명을 소집해두었다. 춘추는 여제(麗濟)동맹이 굳건하고, 고구려는 우군이 될 수 없으며, 신라는 관심 밖이고 오로지 당과의 대결에 국정이 집중되어 있음을 간파했다.

647년 선덕여왕 16년 춘추는 대아찬으로 왜에 사신으로 갔다. 상대등(上大等) 비담(毗曇)의 난(亂)이 진압된 뒤였다. 난의 명분은 "여왕은 나라를 잘 다스릴 수 없다(女王不能善理)"였다. 춘추는 왜의 동정을 파악하고, 왜가 백제와 신라 관계에서 신라 쪽으로 대외 정책이 행해지길 기대했을 것이다. 또 당이나 고구려·백제가 신라를 침략·병탄하려 할 때 후방기지로서 왜가 역할을 할 수 있는지를 탐색했을 것으로 보인다.

당시 왜에서는 나카노오에(中大兄) 황자가 주동이 되어 장기집권해 온 소가노 이루카(蘇我入鹿)를 참살하는 쿠데타가 성공했다. 나카노오에는 황태자가 되어 이른바 다이카 개신(大化改新)이라는 개혁정책을 단행하고 국호를 왜에서 일본으로 바꿨다. 춘추는 실력자인 나카노오에와 교섭했을 것이다. 이 두 인걸은 후에 무열왕과 천지천황으로 최고의 지위에 오른다. 춘추는 백제계의 영향력이 지대한 왜마저도 반(反) 신라에 나선다면 신라는 고립무원이므로 나카노오에에게 선린우호를 요청했을 것이나.

제3부 춘추(春秋)는 이렇게 말했다

춘추의 수려한 용모와 화려한 언변으로 왜의 조야가 일견 신라와 평화·선린을 취할 분위기 조성에는 성과가 있었을 것이다. 그러나 백제와 왜의 오랜 유대와 영향, 그리고 당시 왜에 와 있던 부여풍 등 백제 인사들의 방해 공작에 막혀 도왜(渡倭) 공작은 실패했다.

※ 춘추가 왕위에 오르고 660년 나·당(羅·唐) 연합세력으로 백제 정벌에 나서자, 나카노오에는 백제를 적극 도왔다. 나카노오에가 천지천황으로 오른 지 2년 뒤인 663년 대규모 선단을 꾸며 백제에 지원군을 보냈으나 백강(白江) 전투에서 나당연합군에 궤멸되었다. 천지천황은 백강 참패 후 신라의 침공에 대비해 축성 등으로 방비에 진력했다. 백제 유민을 받아들였음은 더 말할 나위가 없다. 한·일 고대사의 영웅인 7세기 춘추와 나카노오에의 만남은 적대적 관계로 마감되었고, 이런 관계는 이후의 양국간 역사에도 영향을 미치고 있다. ※

고구려 및 왜와의 교섭에서 빈손이 된 신라 입장에서는 믿을 곳은 당뿐이었다. 643년 춘추가 고구려에서 구사일생으로 생환한 바로 뒤 비상이 걸린 신라는 당에 사자를 보내 구원(파병)을 간청했다. 당 태종 이세민은 4가지 대책(四策)을 제시했다. 그중 그가 권한 대책은 "신라는 부인을 왕으로 삼고 있어 이웃 나라가 무시한다. 내가 일족을 보낼 터이니 왕으로 삼아라. 그러면 당연히 병사를 보내 지킬 것이다. 평화가 찾아오면 신라가 스스로 맡아서 하는 것"이었다. 신라가 받아들일 수 없는 대책이다.

648년 춘추는 당으로 갔다. 40대 중반의 당당한 풍모를 가진 신라의 최고 실력자가 직접 사신으로 나선 것이다. 당 태종 이세민은 춘추를 극진히 환대했다. 춘추보다 5살 위인 당 태종은 춘추가 영웅이라고 간파했다. 당 태종은 춘추와 면담한 1년 후 세상을 떴다. 당 태종이 서거하기 전 가장 환대한 외국 사신이 아닌가 한다. 구당서에는 당 태종이 춘추에게 베푼 내역이 기록되어 있다.

① 춘추는 특진, 아들 문왕은 좌무위 장군
② 춘추가 호학(好學)한다고 하여 석전제례 참석과 강론 참여
③ 온 탕비·진사비 그리고 신찬 진서 증정
④ 3품 이상 관원 참석 전별연
⑤ 내전의 진귀한 옷 하사

춘추와 당 태종은 흉금을 터놓을 정도로 친밀해졌을 것이다. 춘추가 당 태종에게 천병(天兵)을 보내 신라를 구해줄 것을 간절히 요청했으며 당 태종은 출병을 약속했으나 당 태종이 이듬해 서거하여 당 태종 대에는 이루어지지 않았다. 춘추는 당 태종이 베푼 환송연에서 자신의 아들을 장안에 남겨두고 태종을 모실 수 있도록 요청하여, 춘추의 아들인 문왕과 대감은 당 태종의 최측근 숙위(宿衛)가 되었다. 춘추는 당 황실 깊은 구중궁궐에 정보망을 구축한 것이다. 춘추의 아들들은 춘추의 뜻을 새겨 당 황실 내에서 황제와 그 주변에 친 신라 세력을 만들고 신라의 안보·외교 정책이 당에 의해 실현되도록 하는 외교 전사가 되었다. 춘추의 대당외교는 당 태종을

이은 당 고종 대에 대성공으로 결실을 맺었다.

650년 춘추는 아들 법민을 당에 사신으로 보내자, 당 고종은 법민(후에 문무왕)을 대부경으로 삼았다. 그 이듬해에는 법민의 동생 인문을 당에 파견하여 당 고종을 숙위하게 했다. 인문은 뛰어난 재능으로 당 고종의 총애를 받았고 춘추의 밀명을 완수하여 삼한일통(三韓一統)에 기여했다. 춘추는 당 고종에게 오언태평송(五言太平頌)을 지어 환심을 사거나 당풍으로 복식을 고치는 등 당의 지원을 받는데 온 힘을 쏟았다.

○ 삼한일통(三韓一統)의 대장정에 나서다

654년 진덕여왕이 서거하자 화백회의의 귀족들은 상대등 알천(閼川)에게 섭정을 요청했다. 알천은 거절하고 오히려 춘추에게 왕위에 오를 것을 간청하여 춘추는 여러 번 사양 끝에 수락했다. 진덕여왕 사후 한 달 뒤 김춘추는 51세 나이로 왕좌에 올랐다. 김춘추는 사실상 실권자이고 왕위계승자 혈통이어서 극히 자연스러웠다고 할 수 있다. 무열왕은 내정을 개혁하고 자신의 세력을 요직에 앉히고, 김유신에게 딸 지소공주를 시집보내며 이중 혼맥을 결성했다. 그 위에 김유신을 상대등에 임명했다. 이로써 춘추·유신 공동체제가 확고히 자리하게 되었다. 무열왕은 이 기초 위에 내정을 다지고, 유신은 군사력을 증강시켜 평생 숙원인 삼한일통의 대장정에 나섰다.

660년 당 고종은 그동안 고구려를 직접 공격해 별 성과가 없었다는 점을 자각하고, 신라의 전쟁전략에 호응해 먼저 당과 신라가 연합해 백제를 멸하고, 다음 고구려를 공략하는 방책으로 선회했다. 당 고종은 춘추의 아들 김인문을 총애하여 그가 신라를 대표해 당 고종과 전쟁 진행을 협의해 추진했다. 당시 당 황실의 실력자는 측천무후(則天武后)였다.

그해 음력 3월 당은 백제 원정군을 발진시켰다. 총사령관 격인 신구도행군대총관(神丘道行軍大摠管)은 대장군 소정방(蘇定方)이고, 부대총관(副大摠管)은 김인문이었다. 당군의 규모는 수륙(水陸) 13만 명, 군선(軍船) 1,900척이라고 구당서(舊唐書)는 기록하고 있다. 당 고종은 신라왕 김춘추를 우이도행군총관(嵎夷道行軍摠管, 우이는 해가 돋는 곳을 뜻함)으로 삼아 신라군을 통할하게 했다. 나당연합군은 내홍과 안일에 빠져있던 백제군을 격파하였고, 그해 7월 18일 백제 도성 사비성(현 충남 부여)이 함락되어 백제는 멸망했다. 나당연합군 사령관인 신라왕 김춘추와 당의 대총관 소정방은 의자왕으로부터 승리의 축하주를 받았다. 소정방은 의자와 그의 아들, 그리고 관리 등 88명과 일반 백성 12,807명을 당으로 끌고 갔다고 한다. 춘추는 백제 관리들을 포용하여 재능과 공적에 따라 등용했다. 춘추는 백제 잔존 저항 세력을 제압하여 백제 지역을 평정해야 하고, 당에 약속한 고구려 정벌 참여, 그리고 당의 한반도 전역에 대한 야욕에 대처하는 데 전력투구하다가 백제 정벌 약 1년 후인 661년 6월 서거했다.

김춘추의 뒤를 이은 법민 문무왕은 당과 연합하여 663년 백상(白江) 전투에서 백제 부흥군과 왜의 지원군 병력 4만, 배 400척을 궤멸시켰다. 이어 668년 고구려를 정벌하는 데 성공했다. 고구려는 절대 권력자인 대막리지 연개소문이 죽자(666년), 그의 세 아들인 연남생, 남건, 남산 사이의 권력투쟁으로 쫓겨난 남생이 당 측에 투항하고 평양도행군대총관(平壤道行軍大摠管)이 되어 당의 총사령관 이적의 선봉대장으로 고구려를 공격하자 군사 강국은 허망하게 무너졌다. 당은 백제 지역에 웅진 도독부를 설치하였고, 신라에 계림 도독부를 두고 문무왕을 계림주 대도독으로 임명했다. 고구려 지역에는 안동도호부를 설치했다.

신라는 당의 한반도 지배 야욕에 맞서 춘추의 아들인 문무왕 지휘 아래 고구려 멸망 다음 해인 669년부터 676년까지 7년간 7세기의 세계 최강인 당나라와 사활을 건 전쟁을 했다. 이 나당 전쟁에서 승리함으로써 신라는 청천강·원산만선 이남의 한반도에서 당의 세력을 축출하고 미완성의 삼한 일통을 이루었다. 660년 백제 공격으로부터 이때까지 꼬박 16년이 걸렸다. 시대의 풍운아 김춘추가 구국일념으로 기획하고 착수한 웅대한 그림이 그 아들인 법민에 의해 완성된 것이다. 7세기 아시아 역사의 격동기를 맞아 한 영웅이 설계하고 이를 승계한 법민 등 신라인이 동북아 지역에 신국제질서를 열었다.

4. 춘추는 시대의 영웅인가

김춘추 약전 해설은 예정된 1시간을 넘겨 마무리 되었다. 김춘추를 주인공으로 한 7세기 거의 대부분 시기에 걸친 동아시아 지역의 세기적 격동을 역사적 사실로 압축 해설하는 내용인 탓에 긴박감이 더해져 눈 깜빡할 사이에 지나갔다.

해설을 마친 한 교수는 TV 화면을 「춘추는 희대의 영웅인가? 당대의 교활한 간웅인가?」라는 제목으로 바꿔 놓았다. 한 교수는 화면을 가리키며 이 주제에 들어가기 전, 춘추 약전 해설에서 부족하거나 궁금한 점이 있으면 미리 짚고 가는 게 좋겠다고 했다. 아니나 다를까, 참석자들은 앞다퉈 질문을 쏟아냈다.

먼저, 송변이 나섰다.

"사람은 죽고 나서야 제대로 평가받는다고 한다. 춘추가 서거한 직후, 신라는 물론이고, 동아시아의 이웃 나라들의 반응은 어땠는지 알고 싶군요."

한 교수는 이 질문을 예상이나 한 듯 바로 답했다.

"춘추에게 지병이 있다거나 건강상의 이상이 있었다는 기록은 없습니다. 춘추는 백제 정벌과 저항세력 평정 그리고 원정군인 당군과의 협력과 견제 등 산적한 과업으로 동분서주·영일 없이 애쓰다가 극도의 과로와 정신적 스트레스로 탈진하여 사망에 이르렀을 겁니다."

"무열왕 서거에도 불구하고 서라벌에서 동요가 있었다는 기록은 없지요. 효성이 지극한 춘추의 가족과 유신 등 인척, 신라 민중의 슬픔은 깊었을 겁니다. 그러나 전시인 만큼 민심 안정에 주력했을 것으로 보입니다."

"춘추의 서거를 접한 당 고종은 낙양의 성문에서 거애(擧哀)했다고 합니다. '거애'는 사자(死者)를 위해 머리를 풀고 곡을 하는 장례 절차의 한 부분입니다. 당 고종은 춘추의 죽음에 대해 최상급의 조의를 표한 것입니다."

"춘추의 사망에 대한 고구려와 왜의 반응에 대한 기록은 찾을 수 없습니다. 그러나 고구려의 연개소문은 춘추의 사망 소식에 우환거리가 사라졌다고 판단하고, 당나라에 대해 더욱 강경한 자세를 견지했다고 봅니다. 왜는 사이메이 천황이 서거하고 나카노오에가 천황의 지위에 올랐습니다. 그가 천지천황인데, 춘추의 죽음을 접하고, 신라의 정정이 동요하고 불안하니, 이때야말로 백제 부흥군을 지원할 기회라고 보고 대규모 지원군을 꾸려 663년 백강으로 보내게 되었습니다."

"그런데 연개소문과 천지천황은 김춘추의 위협에만 주목한 나머지, 그의 후계자인 법민과 그 형제들 그리고 유신과 그 군사집단의 충성심과 결속력 그리고 끈질긴 추진력을 과소평가하는 대세오판(大勢誤判)의 우(愚)를 범했지요."

한 교수의 설명을 듣고 송변은 혼잣말을 던졌다.

"춘추는 평소 후계 육성에도 신경 써 성공했군요."

동천이나 다른 사람들도 자손들이 잘돼야 번성한다는 데 고개를 끄덕였다.

우 기자가 이어서 질문을 던졌다.

"우리 시대는 풍족하고 삶의 질, 행복을 추구하는데 춘추의 역사에서 재밌는 부분이 많다고 봐요. 그중 보희·문희의 꿈 사고팔기, 문희의 분신 연극, 그리고 비형랑, 도화여 얘기, 화랑세기에 나오는 신라 최고 미인이라는 미실(美室)과 그의 손녀인 보라궁주(寶羅宮主)가 춘추의 첫 번째 정궁부인(正宮夫人)이라는 설 등은 드라마를 수십 편 만들어도 모자랄 겁니다. 그래서 우선 접어두고, 춘추가 고구려에 가서 연개소문에게 붙잡혔다 죽기 직전에 꾀를 내어 귀환했는데, 그 꾀가 무언지 알고 싶네요."

한 교수는 춘추의 석방 비화, 이건 전적으로 설화인 만큼 역사적 상상에 맡겨야 하고 춘추를 우상화하는 방편이라고 다짐해둔다고 하면서 두가지 설(說)을 제시했다.

연개소문 ⓒ한동훈

첫 번째 설은, 연개소문이 보기에 춘추는 빼어난 용모와 달변가이긴 하나 파천황(破天荒)의 도발을 할 인물은 아니었다. 신라는 고구려의 위협이 되지 못하는 데다 여제(麗濟) 동맹으로 백제가 신라를 공격해 압박하고 있으니, 굳이 사신으로 온 춘추를 죽여 원한 사는 것은 상책이 아니라 생각했을 것이다. 역사 소설가들은 춘추가 연개소문에게 이렇게 말했다고 한다.

춘추: 대막리지께서는 당의 황제 이세민과 천하를 놓고 겨루고 있습니다. 우리 신라는 소국이고 살아가기 위해 대막리지에게 도움을 청하고 있습니다. 제발 백제를 말려주시기 바랍니다. 고구려 조정에서는 신라 사신인 저를 놓아주면 화근이니 죽여 후환을 없애라고 야단입니다. 그런데, 천하의 대국 고구려의 대인인 대막리지 연개소문이 동쪽 구석 조그마한 나라 사신이 백제를 말려 나라를 보존케 해 달라고 간청하는데 받아주기는커녕 목을 친다면, 천하 세상 사람들은 대막리지를 소인이자 겁쟁이라고 욕할 겁니다. 소신의 목이 날아가는 것은 아깝지 않으나 대막리지께서 역사에 겁많은 졸장부라는 낙인이 새겨질까 저어됩니다.

연개소문: 그대는 참으로 변설이 많고 교묘하구나. 나는 애초부터 그대를 존중하였고 지금도 그러하다. 어찌 소국 사신을 죄도 없이 처단하리오. 세간의 풍설은 나를 포악무도(暴惡無道)하다고 한다지만, 그건 뭘 몰라서 하는 말이다. 내가 전왕(前王) 고건무(高建武)를 폐위한

것은 그가 나라를 잘못 이끌었기 때문이다. 그런데도 당의 이세민은 이 대막리지를 패악무도한 난신이라고 욕을 해대는데 내가 그 값을 치르게 하겠다. 네가 당에 가서 내 말을 전해 다오. 고구려는 신라와 한 줄기로 볼 수도 있다. 내 어찌 속 좁은 짓을 할 수 있으랴. 너의 충심을 받아들이지. 항상 고구려가 있고, 이 연개소문이 넓은 만주벌판에 서 있다는 것을 잊지 않기 바란다.

춘추는 대막리지에게 감사의 예를 하고 막리지로부터 많은 선물을 받고 귀환했다. 춘추는 연개소문의 허장성세와 독단을 간파했으며, 그가 무너지면 고구려가 쓰러진다는 걸 알아챘다.

두 번째 설은, 이른바 귀토설화설(龜兔說話說)이다. 귀토설화는 민간에 널리 퍼져 전승되어 온 유명한 우화다. 춘추는 고구려의 유력한 신하인 선도해(先道解)에게 청포 300보(步)를 뇌물로 주고 석방 청탁을 했다.

선도해가 감옥으로 면회 와서 '용왕의 딸을 살리기 위해서는 토끼 간이 묘약이었다. 거북이가 임무를 맡아 뭍으로 나가 토끼를 꾀어 용궁까지 데려왔다. 목숨이 경각에 달린 토끼가 거북이에게 마침 '간'을 뭍에 숨겨 두고 왔으니 곧 가져오겠다고 하자, 거북이가 토끼를 믿고 뭍으로 되돌아가게 해서 토끼는 사지에서 벗어났다'고 하는 귀토설화를 얘기하고는, 춘추에게 때론 거짓말도 묘책이 될 수 있다고 귀띔했다. 춘추는 선도해의 조언에 따라 귀국 후 마목현과 죽령의 두 곳을 반환하도록 진언하겠다고 문서로 약조했다. 고구려 보장왕은 춘추를 석방하여 춘추는 간신히 귀환할 수 있었다.

춘추의 반환 약조는 위기 모면의 변통이었을 뿐이었다. 이후의 전개는 고구려가 신라에 의해 패망하는 역사가 펼쳐졌다. 고구려의 왕과 연개소문은 춘추와 신라의 전략에 무지했으며, 자만에 차 있어 신라와 춘추를 과소경적한 회한을 남겼다.

안공이 뒤이어 질문을 하려고 입을 떼자, 한 교수는 이러다가 오늘 주제에 들어가지도 못하겠으니, 약전 관련 질문은 이 정도로 그치고 오늘의 주제를 진행하면서 적절히 수용하겠다며 양해를 구했다. 다른 이들도 동감하여 바로 오늘의 주제 논의로 나아갔다.

동천이 먼저, 한 교수에게 수고하셨다며 감사드렸다. 이어 동천이 입을 뗐다.

"춘추는 동아시아 주요국의 실력자들과 그 나라 현지에 찾아가 맞상대했습니다. 제가 아는 한 그 세기에 춘추와 비교할 수 있는 국제적 광폭 행보를 한 역사 인물을 찾을 수 없습니다. 시대는 다르지만, 춘추 전국시대의 소진·장의가 합종·연횡을 펼치기 위해 제후국들을 순회한 역사례 정도만 기억납니다. 춘추공의 그 열정과 추진동력은 어디에서 나오는 것인가요. 오늘날 대한민국이 처한 상황도 1,300여 년 장구한 시대적 격차는 있다고 해도 7세기 신라가 처한 위기환경과 상당 부분 닮아있다고 생각합니다. 춘추공과 같은 열정과 지혜를 이 시대에서 발휘할 수는 없는지, 춘추공에게 답을 구하고 싶군요."

동천의 긴 질문을 눈을 감은 채 미동도 없이 듣고 난 한 교수는 춘추공의 답은 이러할 것이라고 했다. 춘추공은 이들 사이의 애칭이었다.

춘추는 이렇게 말했다.

　춘추공: 여러분도 알다시피, 내가 살았던 7세기의 한반도와 요동 지역은 날마다 전쟁이었다오. 나라 내부의 죽기살기식 권력다툼도 있었지만 나라의 존망을 건 전쟁으로 점철된 시대였소. 신라는 삼국 가운데 가장 후미진 곳에 위치한 후발 약소국이지. 이런 신라가 생존하기 위해서는 고구려나 백제와 평화 공존해야 하는데, 우리 시대에는 약육강식이 국제질서의 원칙이지. 강자에게 굴복하고 그 은덕으로 생존하거나, 스스로 강자가 되어 상대를 꺾어야 한다오. 상대와 전쟁에서 승부를 가리지 못한 채 서로 지친 나머지 소강상태에 진입할 때, 일시 휴전이나 정전이 될 텐데 이걸 좋은 말로 평화라고 하던가. 우리 시대에는 평화라는 개념이 없었다.

　이 사람은 신라가 자체의 힘을 키우고 백제·고구려에 대응하려면 시간이 걸리는데 시간은 신라 편이 아니라고 판단했다. 선존속·후융성이라는 대전략 개념을 택하고 장기 전략을 구상했다네. 최공 전략

목표는 삼한일통. 후융성은 삼한일통과 같지만, 대외적으로는 융성이라고 했다. 이 전략은 적어도 20년은 걸린다고 보고, 이 사람 당대에 성취하리라는 과욕을 버리고 대를 이어 줄기차게 추진할 인재와 세력을 육성하는 데 힘을 기울여야 한다고 보았다오.

이 사람은 신라의 존속을 담보하는 구체 방책은 다른 나라와 연맹에 있다고 보았소. 그 아이디어는 중국 춘추전국시대의 합종·연횡책에서 나왔다. 그 시대에 활약한 세객(說客)들에 대한 연구를 했다오. 중국의 첫 통일 국가인 진(秦)은 장의(張儀)의 연횡책의 소산이라고 할 수 있을거요. 진의 연횡책에 의해 소진(蘇秦)의 합종책이 진의 동진을 막지 못했다. 그래서 전국시대 여러 제후국이 하나하나 진에 각개격파되었지. 원교근공(遠交近攻)은 그 세부 전술이다.

나는 신라 왕족 혈통이고, 화랑도이며, 아버지 용춘 덕분에 한어(漢語), 왜어를 익혔다. 그때만 해도 신라말과 왜 말이 비슷하여 왜어를 쉽게 배웠다오. 그리고 사마천의 사기도 읽었고, 제자백가 특히 공자·맹자 가르침도 배웠고, 불교·도교도 공부했다. 이런 내가 신라가 위기에 처해있는데, 앞서서 일신을 던지는 건 의무이지 선택이 아니라고 생각했다. 우리 화랑도 출신들은 일신의 영달보다는 이웃과 나라를 위해 헌신하는 걸 영광이라고 믿어왔다. 화랑도의 세속오계(世俗五戒), 잘 알고 있겠지. 오계 중 임전무퇴(臨戰無退)와 살생유택(殺生有擇)은 대외관계에서 큰 가르침이었다.

이 사람은 백성과 나라를 구해야 한다는 사명감과 절박감으로 이웃 나라와 교섭에 나섰다오. 내가 교섭에 실패하더라도 다음 사람이 이어가도록 공감대를 확고히 했다네. 그게 외교적 임전무퇴 아닌가.

단숨에 여기까지 쏟아낸 한 교수는 깊은 숨을 내쉬고 나서 춘추로 돌아가 말을 이어갔다.

춘추공: 여기까지는 신라 때의 이 사람 입장이다. 그럼 21세기 초반 대한민국은 어떤가? 이 춘추가 보기에 우리 후손들이 2차대전 후 70여 년에 걸친 조그마한 성공, 여러분들 표현대로 하면 산업화와 민주화를 동시에 성공시키고 정보화 시대에 앞서 나가는 자칭 선진국 대한민국에 자만하여 나라가 중차대한 위험에 빠져들고 있다는 상황 인식이 결여돼 있는 것 아닌가 하는 생각이 들어요. 위기를 위기로 보지 않고 한미동맹만 잘 관리하면 나라가 보존되는 거라는 대 착각을 하고 있는 것 아닌가. 이런 때, 21세기 참으로 난 인물이 나와야 하는데 내가 눈이 먼 탓인지 아니면 그런 인재가 없는지 걱정이 된다오. 안타깝지만 나는 저 먼 세상 사람이니 다만 살펴볼 수밖에. 여기 모인 사람들이 내 뜻을 따라 그런 인재를 찾거나 키우도록 하게나.

동천은 춘추공의 충고와 염려에 대해 경청하면서 고개 숙여 감사하는 마음이었다. 그러나 우 기자는 다른 견해를 밝혔다.

"삼국시대 신라와 대한민국은 천년이 넘는 시대적 간극과 인류 문명의 간헐적인 혁명적 변동 때문에 서로 비교하기가 어렵다고 생각합니다. 삼국시대의 지식과 지혜로는 고도로 정보화·디지털화된 현대사회, 즉 대한민국의 명운(命運)을 분석하는 데 도움이 되기에는 곤란하다고 생각해요.

시대를 초월하는 지혜와 진실, 근본 원리가 존재한다는 것을 부정하는 입장은 아닙니다. 다만, 대한민국의 오늘의 난제를 푸는데 신라의 전략·전술, 그리고 춘추공의 역사적 업적이 어느 정도로 유익할지는 의문이군요. 그보다는 현재 대한민국이 보유하고 있는 국책 연구기관, 대학, 민간 연구소의 인적자원과 연구자료 그리고 언론기관의 방대한 데이터를 활용하는 쪽이 더 현실적이고 현명한 방향이라고 생각합니다.

춘추공이 염려하는 문제는 아마 국내외 연구기관에서 연구한 보고서에 그 대책이 넘쳐날 정도로 쌓여 있을 겁니다. 해마다 국책 연구기관에만 수천억 원이 투입될 정도이니 너무 많아 어떤 걸 선택할지가 더 고민이겠지요. 그러니 춘추공께서는 부디 안심하시고 하늘에서 우리들을 응원해 주시면 충분합니다. 혹, 춘추공께서 너무 오늘의 현실에 개입하면 연개소문이나 당 태종도 자다가 벌떡 일어나 세 분이 지상에 내려와 한판 제2차 동북아 대전쟁을 벌일까 걱정입니다."

우 기자의 뜻밖의 발언에 방 안의 분위기는 순식간에 얼어붙었다. 팽팽한 긴장이 손에 잡힐 듯하여 어느 누구도 차가운 정적을 깨뜨리지 못했다.

이 분위기를 매끄럽게 바꾸어야 예정된 춘추와의 대화가 이어갈 수 있는데…. 우 기자의 예상치 못한 발언은 동천의 계획에 정면 도전하는 장애물이었다.

동천은 이런 때 무책(無策)이 상책(上策) 아닌가, 그래서 속수무책(束手無策)도 현책이 될 수 있다는 생각에,

"자, 잠시 차 한잔 하지요. 절간이라 차 밖에 없네요."라고 하며, 전기 포트로 물을 끓이기 시작했다. 안공이 방 주위를 살펴보곤,

"스님네들은 때론 곡차라고 애용하던데, 곡차 정도는 괜찮지 않나"며 은근한 눈빛을 동천에게 던졌다. 동천은 방구석에 놓여있는 그의 백팩(Backpack) 깊숙이 손을 넣어 작은 생수병 1개를 꺼냈다. 삼다수 상표가 붙은 생수병이었다.

"설악산에서 캔 10년산 더덕을 3년 정도 묵힌 겁니다. 작은 잔으로 1잔씩 정도 돌아갈 겁니다. 오늘 회합을 기념하며 한 모금씩 합시다."

산사에서의 곡차 덕분인지 이들은 한결같이 밝은 표정으로 돌아왔다. 동천은 이런 때 곡차는 말이 곡차지 선차(仙茶)가 아닌가 생각했다. 잠깐의 곡차 휴식 시간은 이들에게 긴장감을 풀어주었다. 이심전심 너그러운 마음으로 토론할 자세가 갖추어졌다

안공이 이제 '내 차례인가요'라고 하고는 한 교수를 바라보면서,

"우 기자 발언 취지는, 춘추공을 평가절하하거나 폄훼하려는데 있는 것은 아니라고 봅니다. 우 기자의 깊은 뜻은, 앞으로 춘추공의 가르침이 시중에 공개되면 한민족 우월주의자나, 고구려에 민족 정통성을 두려는 학자나 정파들이 춘추공의 업적과 삼한일통을 친당사대나 요동지역 상실의 근본 요인으로 신념화해서 비방하려고 덤빌테니 미리, 이에 대비하라는 충정일 겁니다."라고 서두를 꺼냈다.

우 기자는 눈을 지그시 감은 채 고개를 끄덕였다. 안공은 말을 이어갔다.

"어렵사리 춘추공을 모셔온 처지에서 죄송한 마음이긴 합니다만, 노여움을 푸시고 후손들의 버릇없는 질문이더라도 응대해 주시길 간청합니다."

안공은 무릎을 꿇은 채 한 교수의 양손을 잡고 눈으로 그의 대답을 주문했다. 한 교수는 우 기자의 문제 제기에 대해 공감한다고 운을 뗐다.

"춘추공은 그대들이 간절히 초혼해서 감동하여 그의 참뜻을 밝히고 조언을 하려는 것뿐이오. 춘추공은 여러 곳에서 그를 비하하고 민족사의 죄인인 양 매도하는 일부 인사들과 세력이 있다는 걸 익히 알고 있지요. 특히, 조선 인공의 김일성 3대와 그 집권세력들은 고구려에 정통성이 있다고 하며, 춘추공과 신라를 역도로 몰고 있다는 사실도 잘 알고 있습니다.

어쨌든, 춘추공은 자신에 대한 후손들의 이런저런 평가에 연연하지 않습니다. 춘추공은 진심 어린 그대들의 구도적(求道的) 물음에 감응(感應)하려는 입장, 그 이상 이하도 아니라고 합니다."

한 교수가 여기까지 말하고서 빠진 게 있다고 하며 말을 이었다. 춘추로 변모한 한 교수의 추가 발언이다.

춘추는 이렇게 말했다.

춘추공: 1,300여 년의 장구한 시간 격차와 현대 대한민국의 지식·정보 능력에 비추어 이 사람 시대의 지혜와 조언은 별무소용이라는 견해는 취해서는 안 됩니다. 왜냐고요, 굳이 논쟁까지 할 것 없이 몇 가지 근본적인 측면만 살펴보면 자각할 수 있을게요.

21세기 국내외의 수많은 싱크탱크, 연구분석기관, 대학들이 한반도와 동북아, 남북관계에 대해 산더미 같은 보고서를 쏟아내고 세미나니 포럼이니 하며 야단법석들을 하고 있다. 그런데 이들이 그간 70여 년간 내놓은 대책들이 오늘날 그대들 대한민국 미래의 생존과 번영에 어떤 플러스 요인이 됐나. 북한의 핵·미사일 위협은 위협을 넘어 실전적(実戦的) 위기 상황으로 갈수록 악화되고 있지 않나. 문재인 정부 이후 현 정권에 이르기까지 그대들 나라의 잠재 경제 성장률은 1%대로 감소추세에 있다는 사실, 알고 있는가.

나라는 사람이 근본이다. 인내천(人乃天)이라고 하는데 대한민국 인구는 세계적 인구학자들이 놀라 자빠질 정도로 급감하고 있다고 하던데. 출산율 0.7명은 금명간이고 더 낮아질 추세라고 하더구나. 일부 외국 학자는 21세기의 대표적인 소멸국가가 그대들 나라라는 것 아닌가.

연구실 책상머리에서 짜낸 보고서, 대중에 영합하는 표몰이용 대책 발표, 직업적 관성에 따라 연구 자금 확보나 연구실적 채우기식 정책 제안들은 연구 열정과 진정성 그리고 절박감이 빠져있으니 말하자면 생업의 연구, 연구를 위한 연구라고나 할까. 영혼이 없는 연구나 대책이니 그게 무슨 효과를 낼 수 있나. 시대를 혁파하는 창의적 방책은 그림의 떡이라고나 할까. 그저 그런 연구보고서나 정책 제안으로는 겨우 현상 유지나 할 수 있을 걸세.

그러니, 그대들 대한민국의 영혼 없는 평범한 연구에 의존하다간 낭패를 면치 못할 거라는 점 이곳에서 한번 짚어두니 부디 명심하길.

이쯤에서 핵심적 질문을 해야겠다고 판단한 동천이 한 교수를 향해 조심스럽게, 그러나 또렷하게 물었다.

"춘추공에 대한 역사적 평가는 시대에 따라, 사가(史家)에 따라 극과 극입니다. 즉, 시대의 걸출한 영웅인가 아니면 당대의 간교한 간웅인가로 압축해 볼 수 있는데. 한 교수님의 객관적 평가는 어떤지 궁금합니다."

한 교수는 기다렸다는 듯이 곧바로 자신의 견해를 펴기 시작했다.

"역사적 사실이나 사건, 특히 인물에 대한 평가는 사관(史觀)에 따라, 그리고 논평자에 따라 다양하기 마련이지요. 더구나 난세의 역사 인물에 대해서는 더욱 양립 불가한 다양성이 있겠지요. 이런 현상을 예견이나 한 듯, 프리드리히 니체(Friedrich Nietzsche)는 "역사에 있어 사실인 것은 존재하지 않는다. 존재하는 것은 해석뿐이다."라는 명언을 남겼지요. 저는 역사학도로서 역사적 사실과 객관적 기준에 입각해 인물 총평을 하고자 합니다. 방법론으로는 춘추공 시대의 동아시아 역사 무대에서 족적을 남긴 인걸들과 비교하는 것입니다."

"7세기의 동아시아 역사 무대에서 명멸한 역사적 인걸들 중 한 치의 의문도 없이 영웅으로 지목되는 인물은 당의 2대 황제인 태종 이세민이지요. 성당(盛唐) 시대를 열었고, 태종의 치세 요강을 담은 정관정요(貞觀政要)는 제왕학의 교본으로 꼽고 있습니다. 동양세계의 제왕이라면 교범으로 삼을 통치 바이블이라고 할 수 있어요. 21세기 현재 민주정 하에서도 가끔 정관정요의 가르침과 당 태종은 때때로 소환되어 나올 정도지요.

다음 동북아시아 북방지역이 군사 대국 고구려를 이끌었던 연개소문은 어떤가요. 비록 연개소문 사후 후계 자식들의 권력다툼으로 고구려가 패망하는 데 적지 않은 영향을 미쳤지만, 그 역시 영웅이라는 데에 대체로 동의할 겁니다.

영웅은 영웅을 알아본다고 하지요. 당 태종은 연개소문을 두려워했습니다. 당 태종은 수(隋)나라가 여러 차례의 고구려 원정에 실패하여 결국 멸망에 이르렀다는 것을 잘 알고 타산지석으로 삼았다는 증거가 정관정요에 기록되어 있습니다. 정관정요 권9(卷九) 제4장 의정벌(議征伐)에 실린 당 태종의 메시지입니다.

'정관 4년 관리들이 태종에게 임읍국이 불손하니 토벌할 것을 청원했다. 태종은 「병자흉기(兵者凶器)이니 부득이용지(不得已用之)」라고 하며… 수주(隋主) 양제(煬帝) 역시 고려를 취할 욕심으로 여러 해 노역을 시키자 백성들 원성을 억제할 수 없었다. 양제는 마침내 필부의 손(匹夫之手)에 죽게 되었다. … 짐(朕)은 이런 일을 친히 보았다. 어찌 쉽사리 병력을 출발시킬 것인가? … 야만족을 이겨 멸망시킨다 해도 무엇으로 보충해 다스릴 것인가? 태종은 출병을 단념했다'

당 태종은 수의 원수(怨讐)가 고구려이고 수를 계승한 당인 만큼 고구려는 여전히 당의 원수이므로 수의 원수를 갚으려고 절치부심(切齒腐心) 했습니다. 당 태종은 수의 고구려 원정 참패 후 백성들 사이에 유행했던 노래를 듣고 있었을 것입니다.

「객사하러 요동에 가지 마소(莫向遼東浪死歌)」가 바로 그 노래이며 오늘날까지 내려오는 민중 가사라고 합니다. 이 노래는 동북아의 과거뿐만 아니라 현재와 미래까지 전망케 하는 함축성이 있다고 보여져 화면에 올려봅니다."

한 교수는 TV 모니터에 막향요동낭사가를 게시했다.

요동으로 가지 말라(莫向遼東去)
동이(東夷) 군사, 호랑이와 승냥이 같다(夷兵似虎豹)
긴칼이 내 몸을 부수고(長劒碎我身)
화살촉이 내 뺨을 뚫는다(利鏃穿我腮)
목숨은 오직 한 순간(性命只須臾)
절개있는 협객 누가 슬퍼하리(節俠誰悲哀)
공을 세운 대장 상 받지만(功成大將受上賞)
어찌 나 홀로 잡초 들판에서 죽어야 하나(我獨何爲死蒿萊)

한 교수는 이 노래 가사를 해설하며 설명을 이어갔다.

"수 양제(煬帝) 대업 7년 611년 왕박이란 사람이 필명 지세랑(知世郞)으로 지은 반전가(反戰歌)인데, 민중들의 감성을 파고들었고, 민심이 수를 떠나는 데 지대한 영향을 끼쳤다고 합니다.

수의 고구려 원정길은 중국 민중의 백골로 덮였다고 해도 과언이 아니라는 주장도 만만치 않습니다. 100만 대군을 발진시켜 4-5천 명만 돌아왔다는 기록도 있을 정도이니만큼 중국식 과장을 염두에 두더라도 가히 그 정도의 처참한 상황을 능히 짐작할 수 있지요. 수의 고구려 침공 참패 이후부터 중원에 들어선 한족 중심 제국의 통치자들은 요하(遼河)를 건너 만주벌과 한반도로 진공하는 공정을 금기시했습니다. 그때마다 수의 교훈, 그리고 「막향요동낭사가」가 전쟁기도 수뇌부의 머리에 맴돌았다고 추리할 수 있을 겁니다.

당 태종의 앞의 발언은 바로 그 직접 영향 아래 있는 것입니다. 당 태종은 수 양제가 원정에 실패하고, 백골이 요동벌에 널려 있는 광경, 그리고 민중의 원성을 담은 노래와 농민 반란, 이를 토대로 하여 당이 건국한 제반 사정을 너무나 잘 알고 있었지요."

송변이 한 교수의 해설에 끼어들 듯이 한 교수에게 물었다.

"수의 고구려 침공 참패라는 역사적 사건이 정말 길고도 깊숙이 동아시아에 자리 잡고 있다는 느낌이네요. 한 교수님 얘길 듣고 보니, 1950년 6·25 전쟁 발발 전, 38살의 김일성이 나이로 20년 위인 모택동(毛澤東) 형님을 찾아가 남침 전쟁 계획을 밝히고 중공군의 참전을 요청했습니다. 그런데 마오가 초기에 반대한 데에는 수의 참패와 같은 참화를 떠올렸는지도 모르지요. 6·25 전쟁 시기 마오의 항미원조인민지원군의 사상자가 어느 정도인지 아직도 상세히 밝혀지고 있지 않습니다.

무기와 보급이 형편없었던 중국 지원군이 인해전술로 전쟁을 수행한 것으로 미루어 보면 사망자가 40만에 이른다는 주장도 일리가 있다고 생각합니다. 이 결과는 수의 고구려 침공 대참패에 비견할 수 있지요. 수나라와 같이 중공이 망하지는 않았지만, 6·25 전쟁 이후 등소평의 개혁개방 시작 전까지 20여 년 대륙 중국과 10여억 중국인은 죽(竹)의 장막에 갇혀 암흑과 고난의 역사를 기록했던 거 아닌가요."

송변의 기습 발언에 한 교수도 고개를 끄덕이며,

"그럴 법도 하네요. 마오에 대한 기록이 없어 그가 수의 고구려 침공 참패 교훈을 되새겨 봤는지는 알 수 없지만, 합리적 상상의 범위 내에 속합니다. 중국 지식인이나 지도자들은 역사적 사례나 고전을 인용하면서 논의하거나 상대를 설득하는 화술에 능하니, 공산당 고위층에서 수나라 때 사건을 거론했음직합니다."라고 촌평하고, 다시 당 태종의 정관정요 기록으로 돌아가 설명을 계속했다.

"정관정요 제9권 의정벌 제8장, 제9장, 제10장, 제12장에도 당 태종이 조정에서 대신들과 고구려 정벌을 논의한 내용이 수록되어 있습니다. 당 태종과 당의 중신들에게 연개소문은 어떤 존재로 인식되어 있는지 짐작할 수 있는 자료들이 산재해 있습니다. 그중 몇 가지만 들어 재구성해 봅니다."

한 교수는 TV 모니터에 정관정요의 해당부분을 올렸다.

○ 정관 17년

당 태종: 개소문은 주군을 죽이고 나라의 정치를 탈취했다. 이것은 참으로 받아들이기 어려운 일이다. 오늘 우리 나라의 병력이 그것을 취하는데 어렵지 않다. 그러나 짐은 아직 많은 병력을 동원할 수가 없다. 그래서 잠시 동안 고려 가까이에 있는 거란(契丹)과 말갈(靺鞨)로 하여금 고려를 휘저어 교란시키면 어떻겠는가.

상서좌복야(尙書左僕射)

방현령: 신이 옛날의 여러 나라들을 보니 강한 나라는 약한 나라를 업신여기고, 많은 군병으로써 병력이 적은 나라에게 포학하게 하지 않은 나라가 없었사옵니다. 지금 폐하께서는 억조 창생을 어루만져 기르고 계시오며 장사들은 용감하고 날카롭사옵니다. 하오나 그 위력이 남음이 있더라도 고려를 취하지 않으셔야 하옵니다. 고대에는 무기를 쉬게 하는 것이 진정한 무공이라고 했사옵니다. 옛날 한나라 무제는 자주 흉노를 토벌하고 수나라 양제는 세 번 요동을 정벌하였사옵니다. 백성들은 가난하게 되었사오며 나라가 멸망한 것은 실로 이것이 원인이 되었사옵니다. 폐하께서는 상세히 살피시기 바라옵니다.

당 태종: 그대 말이 훌륭하다.

○ 정관 18년

당 태종: 고려의 막리지가 주군을 살해하고 그 밑의 백성들을 잔인하게 학대하므로 바야흐로 고려를 토벌하려고 한다.

간의대부(諫議大夫)

저수량: 지금 폐하께서 바야흐로 고려를 토벌하려고 하신다는 것을 듣고 여러 신하들은 마음에 모두 의심하여 헷갈리고 있사옵니다. 그러더라도 폐하의 신과 같으신 무덕과 영웅으로서의 명성은 북주나 수나라의 군주와는 비교가 되지 않사옵니다. 그러므로 폐하의 군대가 만약 요하(遼河)를 건넌다면 싸움은 무엇보다도 이기셔야 하옵니다. 만일 이기지 못하시오면 폐하의 무위는 멀리에까지 보일 수 없게 되옵고 반드시 다시 폐하께서는 대로하시어 재차 대군을 동원하실 것이옵니다. 만약 여기에 이르게 되시오면 국가의 안위는 예측하기 어렵사옵니다.

당 태종: 그대의 의견에 찬성한다.

○ 정관 18년

당 태종: 짐이 친히 고려를 정벌해야겠다.

개부의동삼사(開府儀同三司)

울지경덕: 요동은 길이 매우 요원하옵니다. 양현감(楊玄感)의 변과 같은 것이 있을까 두렵사옵니다. 더욱이 고려는 동방의 한쪽 구석에 있는 작은 나라이옵니다. 만승의 천자께서 친히 노고하시기에는 너무나 부족하옵니다. 만약 우리가 승리한다 하더라도 무덕(武德)이라고 하기에는 보잘것없는 나라이옵니다. 만약 승리하지 못하신다면 도리어 세상의 비난을 받는 바가 될 것이옵니다. 엎드려 비옵는 바는 고려 정벌은 좋은 장수에게 위임하시기를 바라옵니다. 그렇게 하신다면 그가 즉시에 꺾어 멸망시킬 것이옵니다.

당 태종은 울지경덕의 말을 따르지 않았으나 식견 있는 자는 울지의 간언이 옳다고 했다.

○ **정관 22년**

당 태종: 고려를 기어코 토벌해야겠다.

방현령: 폐하께서 고려를 토벌하려는 것을 중지하지 않는다면 바로 나라에 해가 될 것입니다. 내가 그것을 알고 있으면서 아뢰지 않는다면 마음에 한을 품은 채 지하에 묻히게 될 것입니다. … 고려는 여러 대에 걸쳐 토벌하면 숨어 능히 토벌한 자가 없었습니다. 폐하께서는 그 반역하고 어지럽게 하고 주군을 죽이고 백성을 학대하는 것을 꾸짖기 위해 친히 육군(六軍)을 거느리고 … 요동을 공략하시었습니다. … 폐하께서는 고려의 개소문이 주군을 살해했기 때문에 옛 왕의 원한을 씻어 준다는 것이고, 밖으로는 개소문이 신라를 침략한 데 대한 신라의 원수를 갚아 준다는 것뿐이옵니다. 어찌 얻는 것은 적고 잃는 것은 많다고 말하지 않을 수 있겠습니까?

당 태종: 병이 위독한 데도 나라를 걱정하는구나. 참으로 충신이로다.

한 교수는 정관정요의 연개소문 해당 부분을 해설하고 나서, 맺음말을 했다.

"앞서 보신 바와 같이 당 태종은 연개소문을 징치하기 위해 고구려 정벌을 기도했으나, 당의 초고위급 중신들이 한결같이 반대했습니다. 반대의 이유는 고구려 정벌의 성공 가능성이 희박하고 실패할 경우 나라가 멸망의 위험에 처한다는 데 있었습니다. 당 태종은 중신들의 간언을 받아들여 고구려 출병을 결행하지 않다가 645년 정관 19년 초여름 50만 대군을 몰아 수륙양면으로 고구려를 침공했지만 40만 명이 전사하고 겨울이 닥치자 겨우 10만 명만 회군했다고 합니다. 그리고 당 태종은 회군 3년 후인 649년 서거했습니다.

당 태종은 '간의대부(諫議大夫) 위징(魏徵)이 살았더라면 이 원정을 못하게 했을 것이다'라고 후회하며 탄식했다고 합니다. 당 태종은 연개소문을 제압하지 못한다면 진정한 천하의 제1인자로 자리매김할 수 없다는 생각이었을 겁니다. 당 태종의 위상에 굴복하지 않는 인물은 당시에는 연개소문뿐이었죠.

그러니, 연개소문은 그 유명한 정관정요에서 타국 인물로 가장 많이 언급될 수밖에 없지요. 당 태종과 그 중신들은 동아시아의 영웅으로서 당의 이세민과 대적, 경쟁할 수 있는 인물은 고구려의 연개소문뿐이라고 보았습니다. 세계 최강 당나라의 황제 이세민과 그 중신들이 고구려 밀티시 언개소문을 포악하지만 당의 패권에 도전하는 영웅으로 인정하고 경계하고 있었습니다."

한 교수의 해설이 끝나자마자 우 기자가, "하~ 그렇군요"라고 하고는 오랜 기자로서의 직업의식에서인지 재미있는 질문을 던졌다.

"제가 아는 조선족분들한테서 들은 얘기입니다만, 당 태종 이례로 한족들은 연개소문을 굉장한 괴물로 알고 두려워했다고 하네요. 한족 가정에서 애들이 떠들고 말을 잘 듣지 않으면 '가이수언 라이러(蓋蘇文 來了)'라고 하는데 이게 '개소문이 왔다'라는 뜻이랍니다. 그러면 애들이 겁이나 조용해진다는 건데요. 우리나라의 경우 왜정 때 '순사 왔다'라고 겁주던 것과 같다고 합니다."

이 말은 듣고 한 교수가 그런 말도 알고 계시니 여기 있는 분들 앞에서 논설 푸는 게 겁난다고 하며,

"중국이라는 나라는 땅도 넓고 민족도 매우 복잡한 데다 긴 역사가 있어 어느 지역의 한자 발음은 다른 지방에서는 해득하기 어려울 지경입니다. 그래서 중국의 TV 방송에는 항상 자막이 들어가지요. 중국어의 표준어를 보통어라고 하는데, 보통어 발음이 통하지 않는 지역이 많아 중국 당국이 애를 먹는다고 하더군요.

개소문(蓋蘇文)은 연개소문을 말하는데 당나라 사람들은 성인 연(淵)은 당의 고조(高祖) 이름인 연과 같은 한자니까, 피휘(避諱)해야 하는데, 경멸의 감정을 실어 아예 성을 빼고 개소문으로 불렀습니다. 보통어 발음은 '가이수언'이지만, 지방에 따라서는 '케순', '케쉰'으로 발음하기도 하지요. 중국의 인기 전통 가면극인 경극(京劇)에도 연개소문은 자주 등장합니다. 이 경극에서는 고구려 원정에서 패배하여 연개소문에게 쫓겨 도망가는 당 태종을 설인귀(薛仁貴)가 구출하는 장면이 클라이막스인데, 이때 연개소문은 흉측하고 강력한 장수 캐릭터로 나옵니다.

당 태종이 연개소문에게 얼마나 혼쭐이 났는지, 자신의 명을 구해낸 설인귀에게 '살황친(殺皇親)·굴황릉(掘皇陵)'이더라도 사면한다는 글자를 새긴 패를 주었다고 하네요. 천하의 황제가 이런 정도이니 민간 세속의 연개소문에 대한 두려움은 극에 달했을 것이며, 대대로 이어지고 현재는 '가이수언 라이러'라는 경구가 남아있는 것이라 생각합니다."

5. 당 태종 등 동아시아 영웅들과 춘추의 차별성

화제가 연개소문과 당 태종 쪽으로 치우치자 동천이 나서서 이 정도에서 샛길을 나와 춘추대로로 돌아가자고 촉구했다. 그러자, 송변과 안공은 말을 맞춘 듯이 당 태종과 연개소문의 맞상대가 춘추이니 그 역시 7세기 동아시아의 영웅급 챔피언 쟁탈전의 핵심 선수라는 견해를 보였다. 여기에 이론을 보이는 사람은 없었다.

그러나 동천은 춘추의 영웅 자격 여부나 당 태종·고구려 연개소문 등과 우열 비교보다는, 이들 두 영웅과 춘추와의 차별성에 중점을 두고 특징적 차별성을 찾아내고 싶었다. 동천이 화제를 돌리자 한 교수는 당 태종·연개소문·나카노오에와 춘추는 중요한 차별성이 있다고 목소리를 높였다.

한 교수는 7세기 동아시아의 무대를 주름잡은 주연급 영웅들과 춘추의 차별성을 밝히는 작업은 역사학계로서도 큰 과제인 만큼, 그 가운데 그가 특별히 주목한 부분에 국한하여 견해를 밝히겠다고 했다. 그러면서 비교 대상으로 당의 이세민, 고구려의 연개소문, 왜의 나카노오에를 꼽았다. 한 교수는 나카노오에 역시 동아시아 주인공 영웅 반열에 자리할 자격이 충분하다고 하면서, 춘추는 이들 세 명의 주인공 영웅들과 담판을 하며 동아시아 무대에서 활약했다고 강조했다. 그리고서 이들과의 차별성을 말했다.

"춘추를 다른 세 영웅들과 비교해 보면 가장 특징적인 차별성은 집권 과정에서 드러납니다. 춘추를 제외하고 나머지 당, 고구려, 왜의 영웅들은 집권 및 통치 과정에서 정권 경쟁자들을 가차 없이 처단했습니다. 당 태종은, 그의 형인 태자와 동생들을 참살했지요. 연개소문은 자신의 대당 대결 노선과 달리 친당유화책을 펴려고 하는 영류왕을 살해하고 허수아비 보장왕을 내세워 권력을 전단했습니다. 나카노오에 역시, 권신인 소가노 이루카 (蘇我入鹿)를 천황이 보는 목전에서 참살하는 쿠데타를 일으켰습니다."

한 교수의 설명을 듣고 있던 이들은 한결같이, 이런 독특한 지적에 대해 감탄했다. 한 교수는 이어서 말했다.

"권력 쟁투를 두고는 맹수와 같은 잔혹성을 거침없이 내뿜는 영웅들과 김춘추가 교섭을 했다는 역사 서사를 떠올리면서 오금이 떨려오는 느낌이 들었습니다. 김춘추가 조금이라도 틈을 보이거나, 그들의 감정을 잘못 건드리거나 아니면 유약한 행동거지를 보였다면 춘추는 즉석 참수됐거나 굴욕을 당하여 유취만년(遺臭萬年)의 오욕을 면(免)하지 못했을 것입니다."

동천도 한 교수와 같은 생각이었다. 한 교수의 결론은 이랬다.

"김춘추는 천하의 패자라는 당 태종 앞에서나, 요동벌을 호령하는 연개소문을 만나서나, 왜의 젊은 야심가와 접촉하면서 상대에 따라 적절한 맞춤 전략과 대응으로 춘추의 소신과 의기를 분명히 하고 신라에 유리한 방향으로 이끌어온 7세기 동아시아 최고의 지략가로서 동아시아 전체 역사에 영향을 미친 영웅입니다. 7세기 동아시아 역사의 4대 영웅 가운데, 김춘추만이 권력층 내부의 합의와 추대로 최고권력에 올랐다는 사실은, 그 당시 세계의 통치질서는 힘에 의한 지배라는 실상을 감안 한다면, 더욱더 높게 평가되어야 합니다. 현시대 기준으로 보면 춘추는 스마트 영웅이라고나 할까?"

동천은 7세기 4대 영웅이 서거한 후의 역사 전개를 봐도, 순리에 따라 집권한 춘추가 나라를 더욱 반석에 올려놓았다고 생각했다.

운길산 수종사에서 처음 열린 춘추와의 대화는 밤 정오를 지나 새벽 2시까지 이어졌다. 동천은 잠들기 전 잠시 밖으로 나와 깊은 숨을 서너 차례 쉬었다. 운길산 정기를 폐 깊숙이 넣어두기 위함이다. 북한강과 남한강이 만나는 양수리는 깊은 잠에 든 적막이지만 강변길과 양수리 중심지에는 밝은 빛이 반짝이고 있었다. 두물머리는 예나 지금이나 한반도의 절경 중 하나다.

제2회 대화: 춘추에게 묻고, 그가 말했다(Ⅰ)

1. 슈퍼멘토 춘추에게 묻다

〈 글로벌 지정학적 안보리스크: 2개의 전쟁 + α 〉

2022년 2월 24일 러시아의 우크라이나 침공으로 시작된 전쟁은 우크라이나 영토 내 도네츠크강 주변 지역에서 치열한 전투가 전개되어 양측간 수만 명의 전사자와 기반 시설 파괴·도시 초토화라는 참상을 초래했지만 전쟁은 끝이 보이지 않고 있었다. 미국과 유럽연합, 그리고 일본은 우크라이나에 병력 파병을 제외한 전폭적 지원을 했고 이에 대응해 중국과 북한은 러시아에 전쟁 물자나 탄약 등 무기를 제공했다. 대한민국 윤석열 정부도 우크라이나에 인도적 지원 등으로 2억 달러 이상을 지원했다. 2024년에는 우크라이나에 대한 재정지원 목적으로 5,200억 원을 증액 책정했나.

1950년 한국전쟁 시기 원조를 받던 나라가, 5억 달러를 초과하는 거액의 현금과 물자를 지원한 것이다. 지각 있는 한국인들은 구소련의 사주를 받은 김일성이 저지른 전쟁의 깊은 상처가 아직도 살아있어, 우크라이나의 선량한 시민의 마음을 헤아리고도 남음이 있었다. 윤석열 정부의 우크라이나 지원에 대해 이의제기하는 이들을 볼 수가 없었다. 국내외 군사전문가들은 미사일이나 포탄이 부족한 푸틴이 김정은과 밀착해서, 북한이 러시아의 군수 공장역할을 할까 우려하고 있었다. 거기에 더하여 푸틴이 군수지원의 보상으로 김정은에게 최첨단 전략무기 개발 노하우를 제공하는 양측 간 거래를 세계 평화에 대한 중대한 위협으로 전망한다. 실제로 김정은은 군사 정찰 위성, 고체연료추진 중·장거리 미사일, 변칙기동을 하는 이스칸데르 미사일, 핵잠수함과 SLBM의 개발과 성능개량 및 실전배치에 국력을 집중해 왔다.

유럽중앙부에서 전 세계에 영향을 미치는 전쟁이 진행 중인 가운데, 2023년 10월 7일 팔레스타인 가자지구의 하마스(Hamas) 무장집단이 기습적으로 가자·이스라엘 간(間) 분리 장벽을 파괴하고, 이스라엘 영토인 인근 키부츠와 종교행사로 열린 음악제를 습격하여 무차별로 1,000여 명을 학살하는 만행을 저질렀다. 하마스·이스라엘 전쟁이 시작되었다. 이스라엘·팔레스타인 간의 해묵은 분쟁이 전쟁으로 격화된 것이다. 양측 간 잔혹하고 파괴적인 전투로 진전되어 가자지구에서는 최소 25,000명 이상이 사망했다고 한다. 이스라엘 역시 초기 1,000여 명 사망자가 발생했고, 8,000명이 넘는 부상자와 수백 명이 하마스에 의해 납치되어 협상 인질로 이용되고 있다.

2개의 전쟁이 진행 중인데 날이 갈수록 더 악화할 조짐을 보이고 있다. 레바논에 근거를 둔 헤즈볼라 무장단체가 이란의 후원을 배경으로 이스라엘에 대항하고 있고, 예멘의 후티 반군은 수에즈 운하를 운항하는 서방 상선을 공격하고 있어, 미국·영국이 후티 지역 공습에 나섰다. 이스라엘은 이란 혁명수비대 간부들을 발견하면 핀셋공습을 주저 없이 감행해 제거했다. 이란은 파키스탄을 공습하고 파키스탄이 반격하는 등 이슬람 세계의 수니파와 시아파 간의 종파 분쟁도 전쟁을 더욱 확산시키고 있다.

2024년 1월 초 서울 서초동 법조 청사 앞 사무실 4층에서 이동천은 사납고 차가운 겨울바람에 이리저리 흩날리는 눈발을 쳐다보며, 난분분한 세상 모습을 머리에 떠올리고 있었다. 작년보다 올해가 더 난세로 전망되는데 남북은 어느 지점에 와 있을까 자문해 보았다.

〈 치열한 정쟁과 내홍 〉

동천은 지난해 말부터 올해 초 사이에 북한의 세습독재자 김정은이 언성을 높이며 발표한 대남정책과 군사도발을 살펴보기 위해 노트북 검색창에 김정은을 입력하고 관련 자료를 검색했다. 관련 기사의 대부분은 김정은의 '전쟁 협박'이 주된 내용이었다. 특히 동천의 눈을 한참 사로잡은 기사는 종래의 남·북 민족 관계를 적대 관계로 변경시킨 것이었다.

"김정은 국무위원장은 2023년 12월 30일 9차 조선노동당 전원회의에서 '북남 관계는 더 이상 동족 관계, 동질 관계가 아닌 적대적인 두 국가 관계, 전쟁 중인 두 교전국 관계로 완전히 고착되었다'고 언급했다."

"김정은 위원장은 2024년 1월 15일 최고인민회의의 시정연설에서 '공화국의 민족력사에서 통일, 화해, 동족이라는 개념 자체를 완전히 제거해 버려야 한다. 새 헌법 조문엔 삼천리 금수강산, 8천만 겨레와 같이 북과 남을 동족으로 오도하는 잔재적인 낱말을 사용하지 말 것과 현행 헌법의 북반부, 자주, 평화통일, 민족대단결 표현을 삭제할 것을 주문하고, 헌법에 전쟁이 일어날 경우에는 대한민국을 완전히 점령, 평정, 수복하고 공화국 영역에 편입시키는 문제를 반영하는 것이 중요하다'고 말했다. 그러면서 김 위원장은 '대한민국을 철두철미 제1의 적대국으로, 불변의 주적으로 확고히 간주하도록 교육 교양 사업을 강화한다는 것을 해당 조문에 명기하는 것이 옳다'고 주장했다."

민족대단결, 평화통일, 자주조국 기치를 신줏단지 모시듯 해오던 조선노동당이 세습 3대 왕인 김정은에 의해서 그 깃발이 폐기 수순에 들어갔다. 김정은은 백두혈통 선조들의 절대 기본노선마저 부정한 것이다. 김씨 왕조 시조 김일성은 6·25 전쟁을 '조국 해방 전쟁'이라고 미화하지 않았던가.

동천은 이 기사들을 검색해 보고는 언뜻, 남쪽의 친북 좌파인사들이나 좌파정권의 권력자들이, 북한 지배 집단이 민족과 자주를 존중하고 평화통일을 지향하는 세력인 걸로 오인·착각에 빠져 허우적거렸다는 역사적 과오를 이제는 깨닫겠구나 하는 씁쓸한 느낌을 받았다. 이제라도 북한과 그 지도자의 허상을 알고 진면목을 보기를 기대하는 심경이었다.

 2024년 들어, 대한민국은 4월 10일에 있을 22대 국회의원 총선거를 두고 정파간, 정파 내부에서 정쟁이 난무했다. 깨어있는 시민들이 정치를 걱정하기에 이르렀다. 윤석열 대통령은 여당 대표가 마음에 들지 않으면 취임 2년도 지나기 전에 4번이나 재깍 교체해서, 평지풍파를 일으키곤 했다. 윤 대통령의 심복으로 알려진 현직에 있는 한동훈 법무장관을 여당의 비상대책위원장으로 앉혔다. 그러고는 한 달이 채 되기도 전 '영부인 리스크' 때론 '김 여사 명품백'으로 회자되는 스캔들을 두고 한 위원장이 영부인의 사과 등 조치가 필요하다는 취지의 발언을 하고, 참여연대 출신의 김경률 비대위원이 김건희 여사를 1789년 프랑스 대혁명 당시 루이 16세 황제의 황후였던 '마리 앙투아네트'에 비유하여 윤 측과 마찰을 빚었다. 윤 측이 한동훈 비대위원장에게 거취까지 거론하여 또 한 번 큰 소동을 빚었다.

 국회의 과반 의석을 훌쩍 넘는 거대 야당 대표 이재명은 괴한으로부터 피습을 받아 입원했다가 겨우 회복되었으나, 여러 가지 범죄로 기소된 처지여서 거의 매주 서초동 법원에 들락거리고 있었다.

 올해 우리 전통 나이 계산법으로 40세 불혹에 접어드는 이준석은 젊은 세대, 자유민주 세력을 지지 기반으로 하여 개혁신당을 출범시키고, 양낭제

제를 흔들기 위해 안간힘을 쏟고 있었다. 남쪽의 이 젊은 정치인과 대비되는 북쪽의 정치인은 공교롭게 올해 불혹의 나이가 되는 김정은이다.

대한민국 정치권은 오로지 여의도 국회 좌석쟁취에만 매몰되어 죽기살기식 정쟁에 여념이 없다. 그러자 김정은은 새해 들어 서해 NLL 북측 완충구역에서 사흘 연속 해안포 사격을 감행하고, 동해에서는 수중 핵무기 체계 해일 5-23의 중요 시험을 했다고 발표했다. 김정은은 군사적 도발을 예고하고 있는데 대한민국 정치권은 내부 정쟁, 내홍에 빠져있는 형국이었다.

〈 2024년 1월 롯데월드타워 대화 〉

새해 들고부터 동천은 여러 지인으로부터 춘추와의 대화 2탄은 언제 열리느냐는 재촉을 받아왔다. 1회차 참석자들의 입소문을 타고 이 소식이 번져나간 것이다. 동천과 한 교수는 지난해 11월 이미 2회 대화를 올해 1월 3번째 토요일에 가지기로 의견 일치를 보았다. 동천이나 한 교수도 정초여서 시간을 내기 수월했고, 새해 새 결의를 다진다는 뜻에서도 1월 중이 적절했다.

대화 장소 선정은 동천에게 맡겨졌다. 동천은 여러 가지로 숙고하다가 서울 송파구 한강변 올림픽 경기장 옆에 서 있는 롯데월드타워 포디움 12층의 한 사무실로 정했다. 12층에 있는 이 사무실은 동천의 선배인 U 은행 행장을 지낸 분이 사용 가능한 사무실이어서 취지를 설명하고 양해를 구하자 흔쾌히 동의해 주어 장소 문제는 잘 풀렸다. 이런 대화 행사는 U 은행의 이 사무실 사용 목적에도 부합하기 때문일 것이다. 포디움(Podium)이 교단·강단을 의미하니 안성맞춤 아닌가 하는 생각이 들었다.

동천은 춘추와의 대화 장소에도 뜻을 심으려고 했다. 때와 장소는 매사에 중요한데, 그중에서도 천시(天時)는 지리(地利)만 못하다고 하지 않나. 동천은 대한민국의 대성공 역사를 구체적 형상으로 발현하는 장소에서 춘추공과 대화하고 싶었다. 그 대화 주제는 과거가 아니라 대한민국의 현재와 미래를 춘추공과 더불어 소통해 보자는 것이었다. 롯데월드타워는 동천의 의중에 딱 맞는 최적의 장소였다.

롯데월드타워는 한반도 중부를 관통해 동에서 서로 지나가는 한강 중류 서울지역 동부 강변에 서 있다. 이 지역은 대한민국 수도인 서울특별시 송파구이고 88 서울 올림픽이 열렸다. 한강의 기적을 증명하는 많은 시설과 숲을 이룬 아파트 주거단지, 그리고 강변의 올림픽대로 등이 어우러져 20세기 후반 이후 건설된 모범적 도시지구다. 롯데월드타워는 123층 555미터에 이르는 세계 6번째 고층빌딩이다. 붓을 형상화하고 청자의 색채를 입히고 있다. 롯데그룹 창업자인 신격호(辛格浩, 1922-2020) 회장 필생의 작품이었다. 1987년 사업지를 선정하고, 2010년 착공, 2016년 준공, 2017년 전면 개관했다. 30년 대업이며 신격호와 그의 아들 신동빈이 대를 이어 완성한 시대적 기념 건축 작품이다.

2017년 연말 도널드 트럼프(Donald Trump) 미국 대통령이 방한했을 때 이 건물을 보고 "What a beautiful building. Great tower. Lotte Tower is beautiful. Love the design(아름다운 건물. 위대한 탑. 롯데 타워는 아름답다. 그 디자인을 사랑한다)."라고 격찬했다. 부동산 개발 및 빌딩 임대업을 주업으로 하는 전문가이자 미국 대통령인 트럼프가 최고 수준의 찬사를 했다는 점은 이 건축물의 국제적 위상을 말해주는 증거라고 할 수 있다.

롯데월드타워는 중국의 황하 이북지역, 동북 3성의 만주 대평원, 한반도 그리고 일본 열도를 포괄해 살펴보아도 단연 가장 높은 종합 건축물이다. 신격호 회장의 건축기획 당시 웅대한 포부와 기상이 실현되었다고 할 수 있다.

중국 시안(西安)에는 대안탑(大雁塔)이 우뚝 서 있다. 벽돌로 쌓은 탑으로서 7층 높이 64미터이다. 김춘추가 신라 왕위에 오른 뒤인 652년 당 고종(高宗)이 건립했으며, 당 태종 이세민 때부터 천축(天竺, 인도)을 다녀온 현장(玄奘) 법사가 가져온 불경을 보관하기 위해 만든 탑이다. 이 탑에는 당 태종과 고종이 각각 쓴 대당삼장성교지서(大唐三藏聖敎之序)가 보존되어 있다. 천여 년 전 춘추공과 동시대를 살았던 세계의 패권 황제 당 태종과 그의 아들 당 고종이 당의 장안에 들어오면 어디서든 그 위용을 보고 경외심을 갖게끔 가장 높고 웅대한 탑을 만들었다. 당나라가 세계 제1이라는 선언 조형물이었다. 이 대안탑은 1,300여 년이 지난 지금까지도 시안 곧 장안을 상징하는 랜드마크 역을 충실히 해내고 있다. 1,300여 년 전 당나라 장안의 대안탑과 21세기 대한민국 서울의 롯데월드타워는 시대와 장소, 건축물 생김새는 다르더라도 그 건축물이 함축하고 있는 건축 주체들의 뜻과 기상은 같다고 해야 할 것이다. 동아시아 7세기에 당의 대안탑이 있었다면, 21세기에는 대한민국의 롯데월드타워가 있다.

롯데월드타워 건립 주체의 이러한 열정과 도전, 추진력이 만든 역사적 기념 건축물에서 춘추공을 모시고 얘기를 나누고 싶었던 것이다.

2024년 1월 셋째 주 토요일 오후 2시 서울 송파구 한강변의 롯데월드타워 빌딩의 포디움 12층 U 은행 전(前) 행장이 사용하는 사무실에 이동천을 비롯한 10명이 시간을 맞춰 모여들었다.

이날 참석자 면면은 다양했다.

○ 대화 주관: 이동천

○ 춘추 대리인: 한통일

○ 1회 대화 참가자: 송변, 우 기자

○ 국내외에서 리조트 사업을 해온 동야그룹의 이상군 회장.

그는 시진핑 주석의 정적으로 숙청당한 보시라이(薄熙来)가 랴오닝성 성장 재직 시절 수차 접촉하는 등 만주지역과 해남도에서 리조트 개발 사업을 해왔다.

○ 김상용 국장

김상용 국장은 김대중·노무현 정부 때 국가정보원 국장을 지내고 남북 실무회담에 남측대표단 일원으로 활약했다. 동천은 검찰 공안부에서 KAL기 폭파 사건이나 남파 간첩 사건을 수사·처리하면서 업무상 국정원 간부들과 접촉하게 되어 이들과 친교를 맺고 있었다.

○ 이도규 사장

이도규 사장은 남북 교류 협력 사업의 일환으로 개성공단 옆 사천강에서 강모래를 채취해 비무장지대를 건너 남쪽으로 반입하는 건축자재업을 해왔다. 동천은 이도규 사장이 창업한 CS글로벌 회사의 남북 교류 협력 관련법 분야의 법률 고문을 맡았다.

○ 해군함대 사령관을 역임한 도대승 제독(3성 장군).

동천은 검사로서 국방대학원에서 1년간 안보과정을 연수할 때 군의 대령급 이상 장교들과 함께 수학했다. 바다와 해군에 관심이 많았던 동천은 도 제독을 눈여겨 봐왔고, 그는 해군 내에서 뛰어난 전략가로 인정받았다.

○ 미국 워싱턴주(Washington State) 시애틀에 있는 주립대학인 U.W

Law School에 부설된 아시안로센터(Asian Law Center)의 센터장을 지낸 헤일리(John Haley) 교수.

헤일리 교수는 아시아 지역 교수와 학생들에게 각별히 친절을 베풀었다. 동천이 이 Law School의 방문학자로 있으며 헤일리 교수의 도움을 받았다. 그는 한·중·일 협력에 특별한 관심을 갖고 미국법과 동북아 3국 법제의 비교 연구를 계속해 왔다.

O 도쿄대학 법학전문대학원 국제법 교수를 지낸 가네다 마사오(金田正夫).
90년대 냉전 해체 분위기에서 한·중·일 연대 움직임의 하나인 베세토(BESETO) 운동에 참여한 자유주의적 인사다. 베세토는 베이징·서울·도쿄를 연결하는 동북아 협력·공동 발전 벨트를 구축해 보자는 원대한 구상이었고, 특히 북경대학, 서울대학, 동경대학의 교수들 사이에서 적극 환영을 받았다. 동천이 베세토 운동의 한국 측 핵심 교수인 서울 상대의 민교수를 통해 알게 되어 가네다 교수가 서울에 오면 만나 소주와 막걸리를 나눴다. 그는 친한파로서 한국 연예인 가운데 가수 조용필, 나훈아를 애호했다.

이(李) U 은행 전(前) 행장은 참석자들과 인사를 나누고는 자리를 떴다. 이 전 행장은 이 행사에 맞게 모든 준비를 해두었다. 대형 다목적 모니터 등 회의·발표용 시설이 완비되어 있었다. 눈에 띄는 점은 각 좌석의 탁자마다 마이크와 모니터가 비치되어 있었는데, 통역에 따른 음성과 자막을 동시에 자동으로 처리해 주는 디바이스였다. 동천은 이날 모임에 특별히 비국과 일본에서 찾아온 분들을 배려했다. 그들이 자국어로 발언하면 모니터 화면에 자국어와 한국어 문장으로 표시되고, 다른 한국인 참석자가 발언하면 한국어와 영어, 또는 일본어 문장으로 표시된다. 그런 만큼, 이 대화에서는 언어의 장벽을 넘을 수 있게 되었다. 미국과 일본에서 초대된 두 분은 동천과 잘 아는 사이이고 영어와 중국어를 어느 정도 구사할 수 있는 외국어 능력을 갖추고는 있었지만, 동천은 한국의 AI 수준을 이들에게 보여주고 싶었다.

대형 TV 모니터를 전면에 두고 반달형으로 배치된 좌석의 중앙 부분 두 좌석에 사회격인 동천과 한 교수가 자리를 잡았다. 좌석마다 영문과 국적별 문자로 이름이 표기되어 있었다. 동천이 주관자로서 입을 뗐다.

"오늘 춘추공과의 2회차 대화에 오신 걸 진심으로 환영합니다. 이곳은 갑진년 청룡의 기운이 넘치는 장소입니다. 한수 유역을 확보하는 세력이 한반도를 장악해 왔고, 한반도를 기반으로 번영의 역사가 창조되었습니다. '롯데월드타워'는 중국의 동북 3성, 한반도, 일본 열도를 통틀어 가장 높고 웅장한 종합 건축물입니다. 중국 산시성(陝西省) 시안을 상징하는 대안탑(大雁塔)은 당나라 권력자가 관권을 동원해 축조했지만, 여기 롯데월드타워는 21세기 대한민국 민간 영웅인 롯데그룹 회장 신격호님이 오로지 자신의 의지와 노력으로 건축했습니다. 영웅의 기(氣)가 흐르는 이 기념비적 건축물에서, 7세기 동아시아의 영웅 춘추공을 모시고, 오늘과 내일의 우리의 문제, 동아시아의 문제에 관해 질의·응답을 해보고자 합니다."

"그럼 시작하겠습니다."

동천이 발언하는 동안 전면 모니터와 각 참석자 좌석에 있는 작은 모니터에 영어와 한국어, 일어의 문장이 단속 없이 실려 나왔다. 동천이 한마디 더 덧붙였다.

"실시간 번역 시스템이기는 하나, 워낙 다양한 음색과 음정으로 인해 오류가 있을 수 있는 만큼, 발언할 때 비교적 안단테로 해주기 바랍니다. 음료는 옆 냉장고에 있습니다. 생수든 위스키든 마음껏 이용하십시오."

동천을 이어 한 교수가 나섰다.

"반갑습니다. 처음 뵙는 분들도 계시긴 하나, 미리 참석하실 분 신상 자료를 살펴봐서 마치 구면 같습니다. 멀리 시애틀에서, 또 도쿄에서 오신 교수님들께 감사드리고 싶군요. 이동천 변호사로부터 춘추공께 질의하고픈 문항을 1개월 전에 받았습니다. 그리고 춘추공의 비답을 받기 위해 경주시 소금강 백률사 토굴의 저의 서재에서 10일 정도 명상 수도를 했습니다. 춘추공과 여러 문항에 대해 영적 교류와 교감을 할 수 있었습니다. 참석자분들의 질의에 대해 춘추공을 대리해서 응답하려 합니다. 다만, 그 응답과 견해는 역사적 영웅인 춘추공의 대답이긴 하나 절대적이거나 무오류는 아닙니다. 이 점을 강조하고자 합니다."

동천은 참석자들의 사전 의견을 종합해 몇 가지로 질문 항목을 준비하였다. 동천 자신과, 송변, 우 기자 등을 우선 질문자로 선정했다. 먼저 동천이 첫 질의자로 나섰다.

2. 오늘날 동북아 정세는 대란(大亂)을 예고하는 조짐인가?

동천은 대화의 주제 자체가 중압감을 주기 때문에 대화장 분위기를 차분하고 자유롭게 유도할 생각으로 낮은 톤으로 천천히 첫 질문을 했다.

"거두절미하고 바로 묻고자 합니다. 춘추공께서는 현재의 국제정세, 특히 동북아 정세를 어떻게 보고 계시는지? 이런 정세 아래서 남북은 제대로 대응하고 있는지 전반적으로 살펴주시기 바랍니다."

참석자들은 모두 첫 질문으로 으레 있을 법하다고 동감하는 듯 고개를 끄덕이거나 미소를 지으면서 춘추공을 대리한 한 교수에게 시선을 돌렸다. 한 교수는 탁자 위 노트북을 켜고 마우스를 움직여 전면 모니터에 한자로 천하대란(天下大亂) 폭풍전야(暴風前夜)라고 8자를 올렸다. 한 교수는 지그시 눈을 감고 30초 정도 미동도 없이 정좌하더니, 갑자기 눈을 치뜨고 안광을 번뜩이며 특유의 카랑한 목소리로 발언을 시작했다.

"춘추공은 오늘의 천하 정세에 대해 큰 걱정을 하고 계십니다. 제가 춘추공을 대리하여 여러분에게 전언코자 하오니 들어 보시겠습니까?"

참석자들이 이구동성으로 어서 말씀하시라고 추임새를 넣었다. 헤일리 교수는 선뜻 납득되지 않는다는 표정으로 서양인 특유의 어깨를 들썩이긴 했으나, 탁자의 마이크에다 "OK. Go ahead."라고 말했다. 가네다 교수는 일본인으로서 다분히 영적이고 무속적인 상황에 익숙한 탓인지 "이이데스(いいです)"라고 했다. 한 교수는 참석자들이 모두 이견 없음을 다시금 확인하고는 말을 이었다.

춘추는 이렇게 말했다.

춘추공: 내가 661년 세상을 떠났으니 1,300여 년이 지났다. 명부(冥府) 세계에서는 인간 세상을 살펴볼 수 있다. 천당이나 극락세계로 간다면 속세 일을 떠나야 하니, 현 세상을 알 수도 볼 수도 없다. 나는 아직 천당에 가지 않고, 우리 후생들의 역사를 살피며 걱정만 하고 있다. 너희들이 어떤 연유인지 모르지만 나를 불러주다니 기특하기 짝이 없구나. 1,300여 년 동안, 이렇게 간절하게 나를 현 세상과 소통·교류하게 상제(上帝)께 청원한 후손이 있어 감동했다. 그 긴 세월을 살펴본 내가 그대들에게 아는 것을 알려주고 나의 소견을 밝힐 기회가 있어 매우 기쁘다. 명부에서는 시공을 초월해 살필 수 있으니 첫 질문은 너무나 쉬운 것이다.

지금 2024년은 천하대란이 시작된지 2년째이고 대란의 범위나 정도가 확대 심화되는 추세에 있다. 나는 미래학자가 아니다. 명부에 속한 우리는 미래를 말할 수 없다. 절대 금기 사항이다. 만약 내가 내일 일을 알려준다면 나는 바로 지옥불에 던져지게 될 것이고, 상제께서는 예정된 미래를 다른 내용으로 바꿔버린단다. 너희들도 알지 않느냐. 천기누설(天機漏洩) 바로 그것이다.

21세기 국내외 분석가들도 다들 현세가 천하대란이라고 하지 않는가. 적어도 10여 년 후 세계에 대해서는 비교적 구체적이고 실현 가능성이 높은 분석과 예측을 해야 하지 않나. 내가 신라왕이 되기 전에도 그 당시 동아시아 정세와 전망에 대해 10년 이상의 장기 전망을 했고, 대전략은 100년을 염두에 두고 했다. 그래서 신라가 1,000년을 지속한 것이다. 이 질문은 더 이상 내가 얘기하지 않아도 될 것이니 천하대란 폭풍전야 여덟 자만 명심하도록.

한 교수가 목이 마른 듯 생수를 한 모금 마셨다. 동천이 아무래도 만족하지 못한 듯 이렇게 돌려 물었다.

"춘추공께서는 푸틴의 우크라이나 침공이 천하대란의 신호탄으로 보시는군요. 그럼 천하대란이라면 대란의 주범은 어떤 인간들인가요?"

춘추공: 내 의중을 잘 알고 있구나. 그런데 푸틴 이 자는 대란을 촉

발한 자가 우크라이나의 젤렌스키라고 하지. 독재자들은 어느 시대이던 전쟁의 원인을 상대방에게 뒤집어 씌우는 선수들이다. 전쟁을 시작한 자, 먼저 칼을 뽑고 포를 쏜 자가 대란을 일으킨 자다. 일본 제국도 먼저 미국 하와이를 공격했지. 김일성 이 인간도 마찬가지고, 요즘 그 손자 녀석도 대란을 하겠다고 별 요란을 떨고 있어 명부의 제 할아비와 애비도 걱정하더구나. 이 말을 정은이에게 전해다오.

동천이 춘추공의 뜻을 전하겠다고 했다. 송변이 손을 들었다.

"춘추공 말씀 재밌군요. 저는 검사 출신 변호사입니다. 푸틴은 대란을 일으킨 전범입니다. 그러면 앞으로 천하대란에 푸틴과 함께 가담할 공범들은 누구로 보입니까?"

춘추공: 송변이 나를 유도심문 하려는구나. 송변, 그대가 알다시피 이 사람은 7세기 동아시아의 전략가라오. 그런 내가 그대 꾀에 넘어가겠나. 그대도 내가 천기누설로 연옥에 갈 바라는 건 아니겠지?

"아니, 무슨 말씀을요. 제가 감히 어떻게 유도심문을 하나요. 그저 궁금증이 지나쳐 한 말이오니 용서하세요."

춘추공: 현세의 분석가와 미래학자들이 대란 가담자가 누구일지 찾아내겠지. 다만, 지금까지 해온 행적들로 보면, 중국 대륙의 시진핑,

그리고 북쪽의 김정은이 위험인물인 건 내가 말할 수 있지. 당 태종은 명부에서 1,300여 년 나와 잘 지내고 있는데, 그도 후손인 시진핑을 마땅치 않다고 하더군. 그건 당 태종이 수나라 원수를 갚겠다고 고구려 원정 갔다가 연개소문에게 혼쭐이 나서 홧병을 얻고 죽었던 교훈이 있기 때문이오. 수·당 때부터 요동 땅에 가지 마라 거기로 가면 백골된다고 경계해 왔는데, 중화인민공화국이라는 나라를 만든 모택동이 이걸 어기고 6·25 전쟁에 발을 들여놓아 100여만 명의 사상자를 내지 않았나. 그런데 시진핑이 이 교훈을 깊이 새기지 않는다는 것이네.

그리고 한 가지만 더 말해두지. 당 태종은 내가 봤을 때 중국 역사상 가장 위대한 황제다. 당 태종은 동아시아의 패권자였다. 그런 당 태종도 고구려 원정에서 참패했지. 그런데 지금 중공이 동아시아의 패권자인가? 아니지 미국의 패권에 도전하는 도전자에 불과해. 그런 실력으로 어떻게 제 마음대로 대만도 침공하고, 러시아를 전쟁 지원하고, 북한을 부추겨 대한민국을 압박하려 하다니 한심하다 이 말이다. 시진핑에게 당 태종이 손자병법도 익히고, 제왕학 교범인 정관정요(貞觀政要)도 보라 당부하더라고 전해다오.

동천이 이 정도에서 다음 주제로 넘어가려 하자, 헤일리 교수가 "Please, just a moment(잠깐만)"라며 바로 질문에 나섰다.

"저의 선조들은 미국독립전쟁 직후에 잉글랜드에서 미국으로 이주했습니다. 처음 뉴욕 지방에서 살다가 서부개척 시기에 서부지역인 태평양 연안의 시애틀로 터전을 옮겼지요. 이제는 저의 집안이 시애틀 지역에서는 제법 전통 있는 가문이 되었습니다. 그러나 시애틀은 인디언 추장 이름이니 이곳 주인은 인디언인데 굴러온 돌이 박힌 돌을 밀어낸 격이지요.

북미지역의 원주민이자 주인이었던 인디언들은 이제는 워싱턴주에서도 인디언 보호구역에서나 볼 수 있을 만큼 종족 소멸 단계에 와 있습니다. 미국은 이민자들이 만든 나라죠. 초기에 아프리카계 사람들을 대량으로 싣고 와 노예 노동을 하게 하였고, 중국, 일본, 한국을 비롯한 아시아계 이민자도 많습니다. 히스패닉이라는 새로운 인종 형태도 생겼지요. 전 세계 각종 인종이 모여들고, 그에 따라 다양한 문화, 종교, 언어가 유입되어 뒤엉켜 복잡하기 이를 데 없어요. 춘추공께서는 이런 독특한 미국 역사, 미국의 문제에 대해서도 조언이나 충고를 해주실 수 있는지요."

춘추공: 어떤 걸 묻고 싶은가요.

헤일리 교수: 미국은 1776년 독립했습니다. 독립 전쟁을 시작으로 세계적 규모의 모든 전쟁에 미국이 참전했습니다. 미국이 참전한 전쟁은 한결같이 천하대란을 결판 짓는 대전쟁이었고, 미국이 승자가 되어 세계적 패권을 쥐었습니다. 미국은 천하대란 해결사였어요.

PAX ROMANA를 넘는 PAX AMERICANA 시대를 만들었습니다. 미·소 양극 체제가 대결한 냉전의 끝에서 구소련이 무너지자 미국은 압도적 힘을 구축한 초강대국으로서 일극 체제를 굳혔습니다. 최근 시진핑의 중국이 미국 패권에 도전하나 아직은 선전 구호 수준이라고 봅니다. 그런데 정작 미국의 문제는 외부에 있지 않고 미국 내부에서 비극의 싹이 자라는 것 같습니다. 그 상징적 인물이 도널드 트럼프 전 미국 대통령입니다. 언론에서는 금년 11월 대통령 선거에서 트럼프가 현 대통령 바이든을 이길 거라는 여론조사 결과를 보도하고 있지요.

한국과 미국은 군사동맹을 맺고 있고, 70년 동안 함께 싸워왔습니다. 춘추공께서 이런 사정을 참작하시어, 미국을 위한 조언을 부탁드립니다. 한 교수가 춘추의 사자로서 입을 열었다.

춘추는 이렇게 말했다.

춘추공: 내가 동아시아 세계의 후손들과 대담할 거라 생각했는데, 뜻밖에 색목인(色目人) 교수님도 오셔서 나의 조언을 구한다니 한편 당황스럽고 다른 한편으로는 흥미롭군요. 신라는 외진 곳에 터를 잡고 있는 핸디캡이 있어서 이를 극복하려면 외부세계의 동향이나 정보를 신속히 수집하고 나라 일에 참고하여 천하의 큰 흐름에 뒤처지지 않으려고 애를 썼습니다.

내가, 한어(漢語)·왜어를 젊어서부터 익혔고, 국정을 다루면서는 나라의 인재들을 뽑아 대거 당나라 수도 장안에 유학을 보내고 당의 과거에 합격하여 관리가 되게 하였습니다. 다른 나라 언어와 살림을 학습하고 연구하는 기관도 만들어 운용했지요. 나와 신라 사신들은 장안에서 서역의 대진국(大秦國) 색목인들과 만나기도 했지요. 색목인들은 경교(景敎)나 회교(回敎)를 신봉했다고 합니다. 다들 하나님을 여호와, 알라라고 하는데 깊이 관심을 두지 않았습니다.

　그대 나라는 현세의 초강대국이고 최고 수준의 인재와 지식·정보를 보유하고 있는데, 1300여년 전 동방의 지도자가 감히 무엇을 조언하리오. 그러나 미국이라는 나라가, 수만리 멀리 떨어진 우리 후손과 손잡고 대한민국을 건국하고 70여년이라는 최단기간에 한국전쟁과 월남전쟁을 혈맹으로 함께하며, 극빈·약소국에서 선진 강소국으로 융기하게 하는 기적을 만드는데 결정적 기여를 한 공헌을 잘 알고 있으며, 감사하는 마음이오. 그래서 나는 미국을 아끼는 마음에서 한 가지만 말해두고자 하오.

　역사상 어떠한 강대국, 제국, 민족도 흥망성쇠를 피할 길 없었다오. 로마제국도, 중국의 황제 나라도, 몽골제국도, 대영제국도 역사법칙에 따라 흥망의 여정을 걸었지요. 미국도 예외는 아니겠지요. 내가 보기에는 미국은 아직도 젊고 에너지가 넘치는 나라, 자유와 자율, 창조적 경쟁이 사회를 지배하여 지속적으로 자제 개혁을 하고 있다고 봄니다. 다만, 미국의 일부 정치인과 시민들이 미국만 잘 살면 된다며, 'America First', 'America Only' 구호에 빠져 스스로 고립을 자초하거나, 자유와 평화, 번영을 파괴하려는 국가나 세력들과의 전쟁을 미국 국익에 어긋난다고 보고 대응 전쟁과 응징을 회피하는 때에는 그것이 미국의 퇴조 징후라고 보아도 될 것이오. 내 조언이 미국분들에게 내정 간섭으로 받아들여지지 않기를 당부합니다.

춘추공의 조심스런 발언을 경청하던 헤일리 교수는 몇 번이고 감사의 뜻을 나타냈다. 동천은 춘추공의 안목과 지적능력의 한계를 가늠하기 어렵다고 생각했다.

춘추공의 조언은 동천과 참석자들에 의해 계수되어야만 생명력을 가진다. 결국은 동천 등 현실의 존재가 주체가 되어 모든 문제를 풀어야 한다는 것은 불변의 진리다.

3. 오늘날 대한민국의 상황을 어떻게 진단하는가요

대한민국의 현 상황과 당면 과제에 대해서는 C 신문사의 베테랑 기자 출신인 우 기자가 나섰다.

C 신문사는 국내에서 가장 영향력이 큰 언론사다. C 신문사와 맞서서

압박한 정권은 심각한 타격을 입곤 했다. 2016년 10월부터 진행된 박근혜 대통령 탄핵·형사재판 사태 와중에서 주류 언론을 자처하던 C·J·D 언론사들도 박 대통령 탄핵·구속에 가세하자 박 정권 붕괴는 되돌릴 수 없었다. 이른바 최순실 게이트 사건 당시 대다수 언론의 보도는 진실 보도와는 거리가 멀었다. 박 대통령을 비방하고 탄핵을 촉구하는 음해성 의혹, 날조, 왜곡 기사가 최소한의 사실 확인이나 검증도 없이 주요 지면을 점령하다시피 했다. 적정한 비율의 반론 제기는 무시되거나 지면의 뒷구석에 자그마하게 찌그러져 실려 있어서 애당초 독자의 관심을 끌지 못하게 편집되어 있었다.

보수 주류 신문사 기사가 이와 같았으니, 박 정권 타도를 언론사의 사명으로 삼고 있는 좌파언론 매체인 H 신문사는 A 의원의 몇십 조 최순실 비자금 보유 주장을 진실인 양 보도하였다. 박 대통령이 퇴임 후를 대비해 미르재단과 K스포츠 재단을 만들었다는 설정을 하고 촛불 군중과 선동 언론 매체가 합세해 박 대통령을 탄핵과 형사 처벌의 함정으로 밀어 넣었다.

이런 박 대통령 탄핵·형사재판 도정에서 우 기자는, 탄핵은 사기라고 외치며 사실 규명과 진실 보도라는 언론의 기본 사명에 입각해 「전진하는 진실」이라는 제목으로 유튜브 영상을 제작해 자유 우파 인사들에게 용기를 불어 넣었다.

그는 윤석열 현 대통령도 특검의 파견검사 수사팀장으로서 박근혜 대통령의 탄핵과 형사 처벌에 주도적 역할을 했다고 평가하고 그를 비판해 왔다. 우파진영에서는 지명도가 높은 우 기자가 지난 대선 때 그래도 국민의 힘 후보인 윤석열을 지지한 것은 더불어민주당 이재명 후보가 당선될 경우에는 대한민국에 존망의 위기가 올 것이라는 위기감 때문이었다. 우 기자는 국내외 정치 동향에 대해 요소요소에 취재 소스를 두고 있었고 정치권 동향에 관해서도 풍부하고 깊이 있는 정보들을 입수하곤 했다.

우 기자의 첫 질문은 엉뚱했다.

"춘추공께서 한 교수를 통해 국내정세나 동향을 잘 파악했으리라 짐작합니다. 저는 몇 가지 구체적 사항을 묻고 싶습니다. 먼저, 올 4월 10일 22대 총선거가 있습니다. 국민의힘 비대위원장 한동훈과 더불어민주당 대표 이재명 둘의 싸움인데 국민들은 어떤 선택을 해야 하나요. 그리고 두 정당이 아닌 제3의 선택이 있는가요."

춘추는 이렇게 말했다.

춘추공: 신라시대나 21세기 대한민국 시대나 권력을 두고 이합집산·이전투구 하는 모양새는 대동소이하구나. 신라 때도 맹자의 가르침을 받아들여 역천자(逆天者)는 망(亡)하고 순천자(順天者)는 살아남는다(存)고 했네. 임금이 통치했지만, 하늘 천(天)은 백성을 말하고, 민심(民心)이 곧 천심(天心)이고, 민심을 따르는 것이 순리(順理)라고 믿었지. 절대 권력자인 나 자신도 신하들과 백성들의 뜻에 어긋나지 않

도록 항상 세심히 살펴왔다오.

 맹자는 인(仁)과 의(義)를 해치는 자는 군주가 아닌 일개 사나이(一夫)라 규정하고 이 같은 폭군을 제거하는 것은 시해가 아닌 잔적(殘賊) 주살(誅殺)이라고 했지. 맹자의 이 말씀이 혁명론(革命論)의 이론적 기초가 된 것이지. 거기에다 우리 후손들이 잘 아는 성악설 주창자이자 법가(法家)사상의 원조 쯤 되는 순자(荀子)는 더 노골적으로 비유했다오.

 '군자주야 서인자수야'(君者舟也 庶人者水也)
 군주는 배이고, 백성은 물이다.
 '수즉재주 수즉복주'(水則載舟 水則覆舟)
 물은 배를 띄우기도 하지만, 배를 엎어버리기도 한다.

 이른바 군주민수론(君舟民水論) 아닌가. 나는 이 가르침을 가슴 깊이 새겨 실천했고, 신라 후대 계승자도 따르도록 했다. 그런데 신라 이후 한반도 역사를 개관해 보니, 권력에 취해서 나태와 안일에 빠지고, 향락에 탐닉한 왕과 신하들, 왕권이나 권력을 자기 소유물인 양 횡포를 부리며 전단하고 재물을 탐한 지배층들, 충신과 현신들은 배척하고 제 뜻에 맞는 간신 신하들만 감싸고 도는 몽매한 군주나 대신들이 너무 많았다. 이 같은 군주나 대신들은 끝내 주살되었고, 나라도 존속하지 못했다. 외침보다 내홍이 나라를 망하게 한다. 몽매하다고 업신여긴 백성들이 응징한 것이다.

지금 21세기 대한민국 정치권 지도자들이나, 정당들 하는 짓을 보면 이 시대 말로 국민을 우습게 보고, 정파 이익과 권력 쟁취·유지에만 급급하고 있구나. 대통령은 국민들이 뽑고 국민은 하늘인데, 지금 대통령은 전체 국민인 하늘을 섬기지 않고 오로지 자기 당, 그중에서도 아부하는 사람들만 중요시해서 보호하는 듯 보인다. 내가 잘못 보았기를 바란다. 반대당 대표라는 인물은 뭣을 하기 위해 거대 절대다수 의석을 가진 당의 대표로 있는지 알 수가 없구나. 너희들은 그걸 방탄(防彈) 대표라고 하던데 방탄은 적이 쏜 화살을 막기 위한 용도 아닌가. 그럼 검사들이 쏜 화살이 대한민국의 적(敵)들이 발사한 것인가. 일주일에 3, 4일씩 재판정에 들락거리는 꼴을 보고 백성들이 쏜 화살과 검이 아니던가.

요즘 후손들은 민심 조사라는 요상한 비법으로 민심의 소재를 금방금방 알아채는 재주가 있더군. 이런 조사방법을 내가 왕일 때 사용했다면 어떤 조사결과가 나왔을까? 웃기지만, 현 대통령 지지율 35% 전후보다는 더 나왔을 걸세. 그 근거는 그때는 적어도 신라 내에서는 죽기 살기로 날 쫓아내겠다는 세력이 없었다네. 그렇다고 내가 인심이나 쓰는 포퓰리스트는 아니지. 천만에 말씀. 나는 신라의 먼 장래, 그리고 한반도 미래를 설계하고 추진하기 위해 열심히 일하자고 독려하는 편이었다오.

춘추공의 일장 열변에, 우 기자를 비롯한 국내의 참석자들은 준엄한 질책을 받은 듯 자못 자성하는 표정을 지었다.

우 기자가 이들을 대표하듯, "춘추공의 귀한 말씀을 가슴에 새기겠습니다. 말씀을 계속 하시지요"라고 했다. 춘추공을 대리한 한 교수는 지그시 눈을 감고 명상하다가, 다시 말을 이어나갔다.

춘추공: 이 사람 춘추는 미래를 맞추는 복술가(卜術家)나 점성가가 아니네. 오늘날 대한민국 백성이 4·10 총선뿐만 아니라 나라의 장래를 결정하는 주요선거에서 어떤 선택을 할지는 전적으로 그들의 몫이 아닌가. 이제는 나라의 주인이고 하늘인 그 백성이 스스로 선택에 대한 책임도 져야 하겠지. 나로서는 우리 후손들이 내 뜻을 잘 이해하여 그대들 세상에 딱 맞는 지혜로운 선택을 하기를 당부할 뿐이다. 다만, 그 선택권을 행사하는데 꼭 염두에 둬야 할 사항을 알려주고 싶구나. 나는 후손들 모두를 사랑하는 입장이니, 오해랑 하지 말라. 기자들이 제목 뽑기 좋게 우선 **춘추사훈(春秋四訓)**으로 해두자.

춘추는 제1훈을 이렇게 말했다.

제1훈: 납간배아(納諫排阿) 간언을 받아들이고 아부를 배척하라.

"교언영색(巧言令色)으로 언행 불일치하는 자들은 유해 식품이자, 해조

(害鳥)다.

상품 광고도 진정성이 있어야 하는데 정치인들의 구호·선전·발언이나 정책이 야바위 같더군. 선거 캠페인을 마치 백성 속이기 놀음으로 아는 자들이 많더구나. 하긴 대한민국의 IT 기술과 디지털화가 최첨단이라고 하니 백성들도 헷갈려 옥석 구분하기 어렵겠지. 그러니, 언론이 제 역할을 해야 하지 않겠나. 그런데, 언론조차 보수네 진보네 하며 어느 한쪽으로 기우니 이거는 바로 잡아야 하네. 누가 하느냐, 우 기자 같은 참 언론인들이 해야겠지. 권력이나 힘 있는 자를 비판하지 않고 감싸는 언론인은 사이비 언론이다. 내가 왕일 때도 왕을 비판하도록 간관(諫官)을 두었고, 그의 간언을 배척하지 않았다.

내가 간관을 존중한 건, 당 태종 이세민에게 배운 것이다. 그는 위징(魏徵)이라는 중신을 곁에 두고 자신의 직무수행에 대해 사사건건 비판하게 했다. 얼마나 대인(大人)인가. 이세민은 위징이 하도 비판을 자주하고 직설적이어서 황후인 아내에게 불만을 토로했다고 하지. 그러자 그의 아내가 당신은 그런 훌륭한 신하를 두고 있으니 경하해야 한다고 했다는군. 그 황제에 그 황후 아닌가. 이걸 듣고 나도 깨달았네. 현재는 언론이 간관(諫官) 제도이고, 야당도 간관의 기능이 있고, 법으로 특별감찰관을 두고 있는데 제 기능을 하는지 묻고 싶네.

문(文) 전 대통령이나 윤(尹) 현 대통령은 특별 감찰관을 임명조차 하지 않고 있더군. 매일 출근하며 도어스테핑(doorstepping) 방식의 언론 소통을 한다고 요란을 떨더니만, 한 달도 채 안되어 그만두었다지. M방송 기자가 대통령 뒤에서 소란 부렸다는 이유라지만 대한민국 최고 지휘자가 M방송 소속 기자 한 사람의 비행을 들어, 자신이 공약한 대언론 정책을 그렇게 경망하게 바꿔버리는지 도저히 이해할 수가 없었네. 여기에 더하여 M방송 기자는 대통령 전용 비행기에 타지 못하게 됐다는데 이게 맞는 말인지, 악의적 음해가 아닌지 알 수 없군.

너희들이 내로남불이라고 4자성어를 만들었더군. 희대의 내로남불 꾼들이 특히 여·야를 막론하고 정치권에 박혀 있고, 이들이 중진 대접을 받고 있다니 대한민국 백성들도 정신 차려야 하지 않나. 생업에 쫓겨 정치꾼들의 선전·선동과 행태를 가려낼 틈이 없겠지만 천하가 어지럽다면 필부에게도 일단의 책임이 있다고 한다. 정치나 정치인들에 대한 혐오나 증오만으로는 정치 개혁이 안 될 터이니, 나라의 주인인 백성들이 눈을 부릅뜨고 거짓을 가려내고 언행 불일치를 묵과해서는 안 될 것이다."

한 교수가 생수 한모금을 마시자 마자, 우 기자는 기다렸다는 듯 "이제 춘추 제2훈 차례입니다."라고 했다.

춘추는 제2훈을 이렇게 말했다.

제2훈: 화이불분(和而不分) 화합을 도모하고 분열하지 말라.

"분란과 분열에 능하고 모든 잘못과 실패는 상대방에게 돌려 비방하고, 쟁취한 권력에 똬리를 틀고 성역화하는 세력들에게 기회를 주지 말라.

사람 사는 곳에는 언제나 다툼이 있기 마련이다. 다툼은 사회 구성원들이 보다 나은 사회나 세상을 만들기 위해 있는 과정이지, 그 자체가 목적은 아니다. 그런데 분란과 다툼, 갈등과 분열 그 자체를 즐기는 사람들, 이런 일들을 기회 삼아 경제적·정치적 이익이나 권리를 도모하려는 인간들이 더러 있다. 문제는 이런 자들이 득세하는 세상은 망조가 들어 모두가 불행하게 된다는 걸 명심해야 한다. 여기서는 삼한일통을 이룬 나로서 엄중히 경고하는 말을 하고 싶다.

고구려, 백제, 신라가 그대들 시대와 무려 1,300여 년 떨어져 있다. 3국이 나뉘어서 쟁패를 했다.

그 후 고려, 조선을 거쳐 대한민국과 북쪽의 김씨 왕조로 대치해있다. 그런데, 한반도의 반쪽 안에서 정략가들이 경상도는 신라, 전라도는 백제, 북쪽은 고구려의 후예라고 백성들에게 주입 시키고, 경상도 유권자는 국민의힘 당, 전라도 유권자는 더불어민주당을 찍어야 한다고 분열과 갈등을 조장하고 있다. 이런 반민족적 정략가들의 선거 캠페인에 놀아난 경상도, 전라도, 심지어는 충청도 백성들도 어리석기 짝이 없구나.

국민대표가 될 인품이나 식견이 턱없이 모자라도, 경상도·전라도에서는 어느 한 당이 압승하는 현상, 한 당에 70% 내지 80% 지지라는 게 가당키나 한가. 내가 전라도에서 출마하여 의자왕과 붙으면 보나 마나 참패하겠더군. 통일신라 때에도 지금 같이 분열되어 있진 않았다. 제발 우리 당은 경상도에서 당연히 대부분 의석을 가져가고 저쪽 당은 전라도에서 의석 거의 전부를 차지할 거라고 으레 예측하고, 총선전략을 짜는 해괴망측한 선거를 해야 하는가. 경상도나 전라도가 어느 당 소유 전유물인가. 이런 선거판을 만들어 준 백성은 주인이 아니고 정략·정상배들의 노예일 따름이다.

한 가지 더 강조하마. 대한민국은 5,000만 백성이 함께 살아가는 나라다. 그런데 자신들과 정치적 견해가 다르다고 하여 상대를 악마화하고 비방을 퍼붓는다. 노·장·청을 분리하고, 노·사를 갈라놓고, 민·관·군을 분열시키고, 검찰과 경찰을 싸우게 하고, 좌·우 이념 대결하고, 당에서는 친윤·비윤, 친명·비명 등 갈등과 분열의 나팔 소리만 높아지고 있으니, 이런 대한민국 지도자들에게 통일 대한은 연목구어(緣木求漁)로구나."

한 교수가 잠시 발언을 멈추고 깊은숨을 들이마셨다. 이때 헤일리 교수가 손을 들고서는 한 교수를 향해 던진 말이다.

"미국의 정치 현실과 한국의 경우가 커플링(coupling)하는 것 같군요. 미국의 도널드 트럼프(Donald Trump)와 한국의 이재명은 사법 리스크 면에서 유사하고, 둘 다 쌍방에서 팬덤과 안티팬덤이 극렬하게 충돌하는 현상을 보이고 있습니다. 한·미 양쪽의 두 지도자는 기묘한 논리와 신동적인 달변으로 군중을 자극하는데 특출한 재능이 있다고 봐요. 미국에서는 이런 극단적 파당정치 현상을 비토크라시(Vetocracy)라고 합니다. 비토크라시가 성하면 민주주의에 위기가 오는 건데요. 일반 대중은 정치를 혐오하거나 무관심하게 되지요. 이런 토양에서 대중에 영합하는 야심적인 선동 정치가가 권력을 잡고, 마침내 팟쇼 정권화하는 비극을 연출할 겁니다. 이들의 발호를 막을 방법이 없을까요?"

그동안 잠자코 경정만 하고 있던 가네다(金田) 교수가 거들었다.

"헤일리 교수님, 정도의 차(差)는 있지만 일본 정치 현실에서도 파당정치는 고질화되어 있고, 극우·극좌가 대치하고 있습니다. 일본국민의 정치혐오와 무관심은 위험 수위에 있습니다. 2022년 7월에는 아베 신조 전 총리가 피살되었지요. 폭력적 수단으로 정치적 견해를 터트린 겁니다. 정치권이 사회나 국가의 안정과 통합에 순기능을 하지 못하고 오히려 역기능하고 있어 문제군요. 마땅한 해법이 있나요?"

한 교수가 두 교수의 발언에 대해 대답하려고 하는데, 도대승 제독이 먼저 입을 열었다.

"저는 평생을 군에서 보낸 사람이라, 정치를 모릅니다. 저와 같은 군의 지휘자들은 사관학교 시절부터 군의 정치적 중립을 철칙으로 믿고 지켜왔습니다. 그런데 요즈음과 같이 정치권이 난장판을 이루고, 북의 김정은은 핵·미사일로 남쪽 평정을 노리는 위기 상황을 보면서 이런 위기에도 군의 지휘자들이 묵언 수행만 해야 하는가에 대해 의구심이 듭니다. 세계의 경찰로서 최강 미국이 국내 정치로 인해 혼란해지고 미국과 동맹을 맺은 한·일의 정치지도자들도 목전의 당쟁에만 골몰한다면, 자유민주진영 국가 전체의 안보가 어찌 되겠는가요. 군 지휘관들의 나라를 위한 의견을 국정에 반영해야 하지 않나요."

한 교수가 참석자들의 추가 발언 신청을 제지했다. 한 교수는 헤일리 교수, 가네다 교수, 도 제독이 제기한 문제는 매우 중요한 사항이지만, 춘추공과 더불어 그의 조언을 얻는 데는 적절치 않으니 차후 다른 토론기회를 잡도록 하자고 제안했다. 교수들과 도 제독도 양해하였다.

우 기자가 나서서 "그럼, 춘추 제3훈을 펴 주시지요."라고 청했다.

춘추는 제3훈을 이렇게 말했다.

제3훈: 온과향래(溫過向來) 과거를 익히되 미래를 향하라.

"시야가 과거에 머물러 있는 정치인이나 정파는 미래를 꾸려나갈 의지와 능력이 없는 자들이니 정치권에서 퇴출시켜야 한다. 논어 위정편(論語 爲政篇)에 온고이지신(溫故而知新)이라는 공자의 말씀이 있다. 이는 온고(溫故)와(而) 지신(知新)을 결합한 것이다. 옛것을 익히고 새것을 안다는 의미나.

과거에 방점이 있는 게 아니라 미래에 방점을 둔 것이다. 과거는 '미래를 위해 현재가 살펴서 익혀야 한다'는 취지다. 미래가 전제되지 않는 과거는 무의미하다. 그런데 일부 유학자들이 옛날 고전 한문이나 한자를 해독하는 게 학문의 전부인 양 오해한 것은 큰 잘못이다. 더구나 유학은 경세(經世)를 위한 지침서이니 더 말할 나위가 없구나.

중국 고대사의 상(商)나라를 세운 탕(湯)왕의 얘기다. 대학(大學) 2장 친민(親民) 편에 나온다.

> 탕왕은 세수하는 대야에 '새로워 지려거든 나날이 새롭고 또 날마다 새로워 져야 한다'
>
> (苟日新, 日日新, 又日新)

라는 글귀를 새겨 넣었다. 매일 아침 세수를 하며 이 글귀를 보고 지침으로 삼겠다는 다짐이겠지.

과거를 살펴 새로운 걸 알고, 나날이 새로워지려고 진력하는 지도자, 그러려면 지도자의 시야는 항상 미래를 향해 있어야 한다. 과거와 현재는 미래를 설계하고 과업을 실천하는데 필요한 범위에서 검토하는 것이다. 그런데 날이면 날마다 과거 정권의 잘못만 캐고 적폐청산이 국정과제 1호라고 하는 정부는 미래를 팽개치고 역주행하는 마차와 같다. 상대 정당의 잘못만 들추어 내서 그걸로 백성의 지지를 얻는데 전력을 쏟는 정파는 자기편 백성들의 분풀이나 푸닥거리는 잘할지언정 나라의 장래에는 폐가 될 것이다. 나라와 백성의 에너지와 자원을 헛된 일에 쏟기 때문이다.

청산보다는 건설, 과거보다는 미래를, 관행보다는 혁신을 앞세우는 세력과 정치인을 지지해야 미래가 있다. 거대 양당이 틀어쥐고 있는데 주눅이 들어 젊고 새로운 정당이 출현하면 아예 무시하고 눈길도 주지 않는 행태는 과거지향의 사람들이 하는 짓이니 이제는 벗어나도록 정신 차려야 한다.

너희 시대 언어로 스타트업 기업, 유니콘 기업이 있다며. 조그마한 신생기업이 오늘날 애플이 되고, 마이크로소프트가 되고, 구글이 되었지 않나. 정치권은 어떤가? 프랑스의 대통령 마크롱은 유니콘 정치인이다. 중국은 아직 어렵겠지만, 한국·일본·대만에서는 정치판의 스타트업, 유니콘 정당이나 정치인이 출현할 때가 왔다. 후손들이여 눈을 미래에 두라."

그동안 잠자코 경청만 하던 동야그룹의 이 회장이 잠시 쉬어가자고 하면서 제주에서 가져온 천혜향(天惠香) 귤을 내놓았다. 동천이 귤 1개를 4등분해 한 조각을 집어 들자, 특유의 신맛 향이 올라왔다. 껍질을 벗기고 입에 넣자 달콤하고 상큼한 귤즙이 입안을 가득 채웠다. 참석자들은 천혜향의 맛을 몸속에 넣는 데 열중했다. 가네다 교수는 이 천혜향 귤은 일본에서 개발한 품종으로서 20여 년 전 제주에서 재배를 시작하였다고 설명했다. 맛을 본 가네다 교수는 제주 천혜향 귤은 명품이라고 평가했다.

동야그룹의 이 회장은 후진타오(胡錦濤) 주석 시기, 중국의 요령성, 해남도 등지에서 리조트 개발사업을 했다. 동야그룹은 국내에서 지분 소유 방식 별장 리조트 사업의 선구자였다. 그는 현 중국 공산당 주석인 시진평의 정적이던 보시라이와 사업상 인연을 맺어왔다. 시진평 집권으로 미·중 대결이 본격화하고 2008년의 미국의 리먼 브라더스 사태로 인한 금융위기 발생, 2019년의 코로나 팬데믹으로 중국 쪽 사업을 중단하였고, 국내 리조트 사업도 겨우 명맥만 유지하고 있다. 제주시에서는 중국 관광객을 상대로 한 소규모 쇼핑몰을 운영하고 있다. 그는 한·중 관계에 봄날이 오기를 고대하는 사업가다.

이 회장이 "맛이 어떠신지요, 천혜향은 제주도에서 공모해서 채택한 품종 이름입니다. 하늘이 내려주는 사랑과 자애의 향이라는 뜻입니다. 오늘의 이 모임과 춘추공의 가르침이 천혜향이 되기를 기대합니다."라고 말했다.

귤 하나에 이렇게 큰 의미를 부여하고 참석자의 마음을 사다니 그는 사업가임이 틀림없었다.

동천이 "천혜향을 피워봅시다"라고 하자, 우 기자가 눈치 채고 바로 "그럼, 춘추 제4훈 마지막 말씀을 기대합니다"라고 했다.

한 교수는 "벌써 4훈째인가요?"라고 하며 춘추공의 말씀을 풀어놓았다.

춘추는 제4훈을 이렇게 말했다.

제4훈: 친민택정(親民擇正) 백성을 사랑하되 정도를 지켜라.

"백성들의 환심을 사기 위해 백성들이 원하면 뭐든 다해주겠다고 하는 자들을 믿어서는 안 된다. 힘써 일하지 않아도 나라나 지도자가 알아서 다 같이 잘 살게 해준다고 목소리 높이는 자는 나라를 쇠락으로 이끌고 백성들을 가난과 나태로 고통받게 한다. 요순의 태평성대에도 백성의 온갖 요구를 충족했다는 기록은 없다. 능력에 따라 일하고 필요에 따라 받는다는 칼 마르크스의 공산사회는 거대한 공상사회(空想社會)임을 역사가 증명했다. 일하지 않으면 먹지도 말라는 불가의 가르침도 있지 않은가. 사람마다 제각각 다른 모습과 재능을 지니고 태어나는데, 똑같이 평등하게 살 수는 없는 것이다. 차별은 허용될 수 없지만 차이는 인정해야 한다. 하나님이라 하더라도 세상의 모든 인간들 요구를 어찌 다 해결해 줄 수 있으랴.

그런데 21세기 대한민국 정치꾼들 가운데는 '백성들은 항상 옳다'고 사탕발림 언사를 입만 열면 읊어대는 자들이 더러 있구나. 이들은 백성들의 표만 얻을 생각이지, 백성들을 존중하고 자신의 언약을 실천할 생각은 하지 않는다. 표를 얻고 나면, 그땐 그랬고, 말도 못 하냐고 배짱을 부린다. 수도(首都) 이전도 표 좀 얻기 위해 써먹었다고 하지 않았던가. 이런 정치꾼들은 나랏돈 알기를 제 주머니 돈인 양하더구나. 나라 곳간은 생각하지도 않고 표만 된다면 퍼주기로 나랏돈을 뿌려댄다. 국민복지 실현이라는 미명으

제3부 춘추(春秋)는 이렇게 말했다

로. 곳간이 비면 빚을 내고 빚 감당이 어려워지면 세금을 올려 백성의 고혈을 짜낸다. 너희들 말로 포퓰리즘(populism), 포퓰리스트(populist)지. 백성들 살림이 배부르고 따뜻해야 민심이 순하고 나라가 추진하는 사업도 잘 돌아간다. 백성들 살림이 어려운 제일 큰 이유가 뭣이던가. 자고로 민생이 도탄에 빠지는 것은 빚 때문이다.

뛰어난 경제학자들이 아르헨티나의 후안 페론, 베네수엘라의 우고 차베스, 그리스의 안드레아스 파판드레우 등 포퓰리스트 정권이 초래한 재앙을 잘 지적하고 있더구나. 그런데 요즈음 대한민국에서 실패한 이들의 정책과 노선을 타산지석으로 삼지는 않고 오히려 이들의 방식을 빌려 표몰이를 하려 하니 안타깝구나.

오늘의 대한민국이 내부에서 치명적 위기를 맞게 된다면, 첫 번째 요인은 포퓰리스트 정치세력의 사기술에 백성들이 넘어가는 데 있을 것이다. 그 다음 요인은 빚 관리를 잘못하는 데 있을 것이다. 내가 신라 이후 조선에 이르기까지 그리고 이웃 중국의 왕조 변천을 살펴봤는데, 나라나 백성이나 빚을 제대로 관리하지 못하면 오래가지 못했다. 왕조든 정권이든 세도가든 백성 개개인이든 예외 없이 존속하지 못하고 소멸하게 되더라. 너희들은 1997년 IMF 사태라는 통열한 체험을 했다. 대한민국의 경제 주권이 깡드쉬 IMF 총재에게 넘어갔더구나. 다행하게도 단기간에 극복해서 너희들에게 보약 역할을 했지만, 그런데 근자들어 그 고통과 교훈을 잊어버린 듯해서 걱정이 된다. 재정관리를 소홀히 하는 사람이나 정파에게 나라를 맡겨서는 안 된다. 든든한 곳간이 준비되어야 민심도 순후해지고 통일 대업도 순조롭게 추진할 수 있을 것이다. 넉넉한 재정, 풍족한 백성의 살림이 바로 나라 융성의 엔진이고 통일 성취의 최강 무기임을 명심하기를.

서독이 동독을 흡수 통일한 근본 요인이 어디에 있던가. 나라 곳간과 백성의 곳간을 넉넉하게 채워뒀기 때문임을 항상 뇌리에 새겨두길 바란다."

춘추 4훈은 여기에서 마침표를 찍었다.

월드타워 빌딩에도 석양빛이 물들고 있었다. 동천을 비롯한 참석자들은 춘추와의 대화를 한 번 더 열기로 합의했다. 대화를 마친 뒤 이들은 뒤풀이로 멀리서 참석해준 두 분 외국 교수님을 위해 21층 한식당에서 숯불갈비 정식으로 만찬을 했다. 동천이 폭탄주를 제조하여 한잔을 돌렸다.

동천은 건배 구호로 '춘추공을 위하여'라고 했고, 헤일리 교수는 '동아시아의 평화와 번영을 위해'라고 했으며, 가네다 교수는 '미래의 일·한 선린 우호를 위하여 간바레'라고 선창하고, 다른 이들도 제창했다.

제3회 대화: 춘추에게 묻고, 그가 말했다(Ⅱ)

〈 임진강 기슭의 반구정(伴鷗亭) 〉

　제2회 대화의 후속으로 마련하는 제3회 대화의 개최 시기는 전통 명절인 설을 지낸 후인 2월 16일(금요일)로 그 전 모임 때 미리감치 정해두었다. 장소 선정은 동천에게 위임되어 있었다. 동천은 제3회 대화가 춘추공과의 마지막 만남이자 대단원에 해당하는 만큼 그에 걸맞은 장소를 찾기로 했다.

　동천은 춘추공의 삼한일통 대업과 관련이 있는 장소를 물색하다가 한반도 분단을 물길로 웅변하는 임진강이 떠올랐다. 임진강은 강 중간 부분에 남북 군사분계선이 설정되어 있고, 김포 방면으로 흘러가다가 한강과 합류한다. 한강에 합류한 강물도 남북 분단선을 품고 있다. 이 임진강 기슭에서 강 건너 분단된 북쪽을 바라보며 통일 한국을 주제로 춘추공을 모시고 마지막 대화를 한다면 매우 의미심장하다는 결론에 닿았다.

동천은 10여 년 전부터 거의 매년 찾았던 경기 파주시 문산읍 반구정로에 있는 반구정나루터 장어집을 선택했다. 오래된 이 장어집은 서울이나 일산 등 수도권 사람들에게 제법 알려진 맛집이어서, 수십 년 전부터 손님으로 북적댄다. 70년대나 80년대 시절, 복더위가 밀려오면 임진강변 철책선 바로 곁에 있는 이 집 정자에서 강바람을 쐬며 숯불 장어구이로 몸보신을 하는 것은 중요한 연례 이벤트였다. 반구정에서 장어 파티를 하려면 꽤나 여유 있는 이들도 큰마음을 먹어야 한다. 80년대까지만 해도 임진강 장어는 자연산이었지만 자연산이 귀해지자 차츰 양식 장어로 대체되었다.

이 장어집 바로 옆에 조선조 명신(名臣) 황희(黃喜, 1363-1452) 정승의 은거처가 있고 은거처의 약간 높은 언덕에 반구정(伴鷗亭)이 서 있다. 반구는 갈매기와 벗한다는 뜻이니 압구정보다 월등 정취가 묻어나는 이름이다. 황희 정승은 사헌부의 탄핵을 받고 이곳으로 와서 갈매기를 벗으로 삼고 유유자적했을 것이다. 그는 다시 복직되어 세종 임금 조정에서 영의정부사(領議政府事)로 18년 동안 국정을 맡았다. 좌의정, 우의정을 합하면 24년을 정승의 자리에 있었다. 태종·세종의 치세를 성공적으로 이끌어 조선조의 기틀을 다졌다.

반구정 곁에서 춘추공의 말씀을 듣는다면, 조선의 명신인 황희 정승은 그가 모신 세종과 비교하여 춘추공을 어떻게 평가하는지. 동천은 흥미로운 상상을 해보았다.

1. 김씨 조선 왕조 3대 왕 김정은이
전쟁 도발을 감행할 가능성은

2024년 2월 둘째주 금요일 오후 1시 서울 서초동에서 약 40여 킬로 떨어져 있는 임진강 기슭 반구정 나루터 장어집에 동천 일행이 모여들었다. 동천이 미리 예약을 해두었다. 동천은 점심 시간대를 피해 일부러 오후 2시로 정했다.

장어집 곁에 있는 반구정에 올라 임진강과 강 건너 북녘땅을 살펴보며 환담을 나누었다. 이날 참석자 중 특별한 분이 있었다. 2013년 평양에서 탈북하여 서울로 온 김철이었다. 그는 북한 외교부 소속 공사급 외교관으로 북한의 런던 대사관, 로마 대사관에서 근무하다가, 탈북을 감행했다. 2016년 런던 주재 북한 대사관 공사로 있다 탈북한 태영호와도 아는 사이였다.

김철은 현재 평화연구원에서 연구위원으로 재직하면서 남북관계를 관찰하여 분석·평가하는 작업을 하고 있으나, 자세한 내용은 신변 보호상 밝히려 하지 않았다. 동천이 김철을 알게 된 것은 정말 뜻밖이었다. 2월 초 설 명절을 쇠기 위해 서울에 온 동야그룹 이 회장, 안공, 송변과 함께 서초동에서 저녁 식사를 하고 귀가하는 3호선 전철 안에서 일이다. 전철이 교대역을 지나 압구정역을 향해가던 중, 앞 좌석에 앉은 50대 중년의 남자가 동천에게 인사를 하며,

"TV에서 보던 이 변호사와 닮았네요. 혹시…."

친근감을 나타냈다. 동천이 고개를 약간 숙여 인사를 건네자 김철이 명함을 꺼내 자기소개를 했다. 동천도 법무법인 명함을 건네주자, 김철은 더욱 반가워하며 악수를 청했다. 동천이 태영호 의원에 대해 언급하자, 김철은 잘 알고 있다고 했으나 그리 반색하는 편이 아니었다. 이 만남을 계기로 동천은 김철과 카톡을 주고받았고 이날 모임에 초대했다.

오후 2시부터 약 1시간 정도 장어구이로 오찬을 했다. 오늘이 마지막 대화이니만큼 식사하며 약간의 반주도 곁들였다. 토의는 이 자리에서 바로 진행했다. 동천이 서두를 꺼냈다.

"오늘, 한통일 교수님이 설 명절인데도 백률사 토굴에서 명상하며 춘추공과 교감해 왔습니다. 준비해주셔서 감사드립니다. 그리고 오늘의 주제는 남북관계와 통일 한국이어서 특별한 분을 모셨습니다. 김철 공사님을 소개합니다."

"정말 우연하게 그리고 숙명처럼 이 변호사님과 조우하게 됐습니다. 조

선인공외무성 소속 외교관으로 백두혈통에 충성을 바치다가 2013년 로마 대사관에 근무 중 망명했습니다. 제가 아는 범위 내에서 북한 권력 내부와 작동 방식에 대해 말씀드리려고 합니다."

김철이 인사말을 하자, 참석자들이 박수로 환영했다. 동천은 이날 주제에 맞게 주 질의자로 김상용 국정원 국장, 남북교류 사업을 해온 CS글로벌 회사 대표 이도규, 그리고 군사 문제는 도 제독을 지정해 두었다.

국정원 전 국장 김상용이 먼저 말을 꺼냈다.

"지난해부터 북쪽 김정은 위원장이 남북관계를 교전 중인 적대 관계로 규정하고 대한민국을 제1의 주적이라고 선언하면서 그간의 남북교류 협력 관련 합의와 협약을 모두 폐기하였습니다. 이와 병행하여 전술 핵탄두 미사일 성능개량과 실전훈련, 군사 정찰 위성 발사, 핵잠수함 건조, SLBM 미사일 시험 발사 등 핵·미사일 전력을 대폭 강화하고 있습니다. 아울러, 김정은은 대한민국이 도발한다면, 핵을 포함 모든 공화국 전력을 쏟아부어 대한민국을 점령, 평정하고 인공에 편입하겠다고 위협하고 있습니다. 이런 북의 동향을 두고 한·미 양국에서는 김정은이 전쟁 도발을 결심했다는 주장과 내부적 불만과 체제 위기를 감추기 위한 기만 책동이라는 주장이 맞서고 있습니다. 한 교수께서 춘추공에게 김정은이 전쟁 도발을 할 가능성에 대해 여쭈어 주시기 부탁드립니다."

김 전 국장은 김대중·노무현 정부 때 국정원 소속으로 중요한 남북 실무회담에 참석해 온 베테랑 대북 전문 요원이었다. 평양에도 수차례 다녀왔고 그쪽 상대와도 신뢰를 쌓아왔다. 이명박 정부 때 금강산 관광지구 민간인 박왕자 피격 사건과 천안함 폭침 사건, 연평도 포격 사건 이후 남북관계가 냉각되었다. 그의 역할 역시 중지되자 국정원에서 나와 민간 연구소에서 대북사업 자문을 하고 있다. 김 국장은 북한과 김정은 체제에 대한 한 교수의 이해정도가 어떠한지 파악하고 싶어 이런 질문을 던진 것이다.

한 교수는 연초부터 북한이 소형핵탄두 탑재가 가능한 다양한 종류의 미사일 발사를 연속적으로 실시하는 등 핵무력 완성을 공언하고 도를 넘는 위협적인 발언을 하는 등 최근의 북쪽 동향을 잘 알고 있고 북한의 진의가 어디에 있는지 파악하기 위해 정보를 수집하고 분석도 해 봤다며, 춘추공의 말씀이 아니라 한 교수 자신의 견해를 설명했다.

"제 소견을 말씀드리기에 앞서, 춘추공의 대리인이자 사자로서 한가지 알려드립니다. 춘추공은 여러분들의 어떠한 질문, 즉 기상천외한 것이든 우문이든 난문이든 모두 포용하여 응답하려는 기본 방침을 가지고 있습니다. 그러니 아무런 거리낌 없이 조언을 구하시길 당부드려요.

자, 그럼 김정은의 최근 전쟁 결심 여부에 대해 제 졸견을 말씀드립니다. 결론부터 말씀드리면 불가지론(不可知論)입니다. 김정은이 전쟁 도발 결심을 했는지는 어느 누구도 알 수 없으며, 김정은 자신도 신성으로 선생 도발 결심을 했는지 알지 못합니다. 가령, 김정은이 전쟁 도발의 의사를 인민무력부장이나 정찰총국장에게 밝혔다고 하더라도, 그의 전쟁 개시 의사가 실행할 의지를 갖춘 것인지 아니면 전쟁도 불사한다는 구호인지가 분명치 않습니다.

전쟁 개시 의사표시는 김정은과 그 가족, 김씨 왕조 옹위 집단 전체의 존망이 걸린 사활적 대사(大事)여서 구두이든 문서이든 여건 변화에 따라 언제든 번복될 수 있기에 그렇습니다. 의사표시와 실행 사이에는 북한 정권 내부와 외부세계의 수많은 변수가 뒤엉켜 작동하고 있습니다. 전쟁 계획서와 작전 명령서에 서명했다면 문제는 다릅니다. 이 단계에 이를 때쯤에는 한·미·일 정찰·통신 정보 자산과, 북한, 만주, 일본, 극동 러시아에 활동 중인 휴민트에서 방대한 양의 첩보와 정보가 접수되어 전쟁 준비 임박을 예측할 수 있습니다. 이때에는 김정은이 전쟁 도발할 가능성이 있는지 따위의 질문은 설 자리가 없고 D-Day H-Hour가 문제 될 뿐입니다.

제가 불가지론을 펴는 것은 김정은이 진의로 실천 의지를 갖고 전쟁할 확정적, 불가역적 결심을 했는지는 우리도 알 수 없고 그 자신도, 북의 군부나 당 핵심 간부도 알 수 없다는 것입니다. 겉으로는 남한 점령, 불바다를 입에 달고 있고, 핵무력 행사를 법제화하고 있는 체제이니 김정은은 항시 전시 상태에 있고, 그래서 작년 말부터는 대한민국을 교전 중인 적대국이라고 선언했지요. 그의 인식 가운데에는 이미 교전 중입니다. 그의 인식이 어떠하든 제정신이라면 남북관계를 '전쟁 중'이라고 규정할 수 없지요. 그렇다면 김정은의 인식체계에 큰 문제가 있다고 보여집니다.

다시 말하면, 김정은은 남북관계가 전쟁 중, 교전 중이기를 갈망하는 자여서 교전 중이 아닌데도 교전 중으로 망상하고 있다고 봅니다. 제가 가장 우려하는 점이 여기에 있습니다. 즉, 김정은 개인의 정신상태에 있지요. 만약 그가 망상에 사로잡혀 전쟁 결의 선포, 실행 독려를 감행한다면 그야말로 뜻밖의 돌발전쟁이 일어날 수 있다는 점입니다. 망상에 사로잡힌 독재자에게도 충성을 바치는 간악한 부하는 있기 마련이지요. 여기에 전쟁을 부추기는 듯한 트럼프가 대통령이 되어, 김정은의 기분을 맞추어 주면, 7,500만 우리 민족과 아시아의 평화를 갈망하는 세계인의 바람과 달리 참상이 일어날 수 있을 겁니다.

그럼, 어떻게 해야 하나요. 김정은이 전쟁 결심을 했느냐, 준비하고 있느냐는 그렇게 중요하지 않습니다. 호사가나 저널리즘의 관심 대상이지요. 중요한 것은 김정은의 전쟁 의지, 전쟁 실행 능력을 억제하고 나아가 저항 의지나 능력을 파괴하는 방법, 대책 수립과 실천에 있습니다. 춘추공께서 그 비책을 내어줄지 모르지요."

김 전 국장은 현재까지 알려진 김정은 위원장에 대한 건강 정보에 따르면 망상이나 도착 등 그의 정신 이상 증상을 시사하는 자료는 발견할 수 없다고 했다. 다만 올해 1월 8일로 40세가 되는 김정은이 신장 170㎝에 체중 130㎏ 초고도 비만인 데다, 흡연·음수·과로 등으로 낭뇨 합병증, 뇌졸중,

심장병 위험요소가 있다고 했다. 특히 김정은의 보행이 부자연스럽고 가끔 절뚝이는 모습을 보여 골관절 계통에도 만성질환이 진행 중이라는 전문가 분석 의견이 있다고 했다. 또한, 젊은 나이에 비해 건강 상태가 온전치 않은 김정은이 후계체제까지 신경을 쓰며 그의 딸 김주애(2013년 2월 19일 생)를 2022년 12월 ICBM 시험 발사 현장에 데리고 나온 이후 주요 전략무기 발사 현장과 군부대 시찰에 동행하고 있으며, '존경하는 자제분', '조선의 샛별 여장군'으로 존칭을 상향시켜 왔다고 했다. 그리고 이런 북한의 양상은 후계체제를 염두에 둔 것으로 봐야 한다고 했다.

김 전 국장은 다시 한 교수에게 물었다.

"결국, 한 교수님은 김정은의 정신상태에 특별한 증상이 나타나지 않는 한, 전쟁 도발을 할 가능성은 희박하다는 건가요."

"김정은이 제정신이라면 세계 초강대국이자 막강 핵무력을 갖춘 미국과 대한민국 및 일본이 군사동맹인데, 자신과 그 가족의 파멸을 자초하는 전쟁 도발은 할 수 없다는 겁니다. 그러나 전면 전쟁 도발과 제한적·국지적 군사도발은 별개로 봐야 합니다. 미국의 군사전략 싱크탱크인 CSIS의 수석 부소장인 빅터 차 박사는 한반도와 동북아 정세의 세계적 권위자인데, 그도 최근 언론 기고에서 '올해 한국의 총선거, 미국 대선 등 국가적 정치 행사를 맞아 김정은이 호전적 도발을 하여 자신의 존재와 영향력을 확대하려 한다. 2024년이 평온한 해가 되리라는 환상은 없어야 한다. 김정은은 미국과 한국의 의지를 시험하려 할 것이다'라고 경고했더군요."

잠자코 한 교수와 김 전 국장의 설명과 발언을 듣고 있던 김철 공사가 조심스레 나섰다.

"아 참 그렇네요. 오늘 2월 16일은 북쪽의 광명성절(光明星節)입네다. 1942년 2월 16일 김정일의 출생을 기념하는 공식 휴일입네다. 1912년 4월 15일 김일성이 출생한 날은 태양절(太陽節)인데, 북쪽 최고 명절이지요. 다른 어떤 명절보다 더 존중하는 북쪽 양대 명절입네다. 북쪽은 이런 날을 축하하기 위해 대대적 집단행사를 하지요. 저의 생각으로는 오늘을 전후하여 공개, 비공개의 미사일 발사, 신형 무기 공개 등이 있을 것입네다.

제가 최근 북쪽 인맥과 동북 3성의 지인들로부터 접하는 소문에 의하면, 김정은이 내부단속을 강화하고 있답니다. 유엔의 대북 제재로 생필품 공급이 어렵고 장마당 경기가 바닥이어서 평양 주민들도 살기가 팍팍하다고 합네다. 그런데 젊은 층에서는 남쪽 바람이 불어 서울의 트로트까지 유행한다고 합네다. 얼마 전 한국 드라마를 봤다고 어린 학생들을 노동 교화형에 처했다고 보도했더군요. 일반 민중들의 민심은 서서히 이반해 가는 추세라고 볼 수 있디요. 그런 만큼 내부통제를 강화해야 하고, 대남도발의 빈도를 높이고 호전성은 더 강화하리라 예상합네다."

동천은 김정은의 전쟁 결심설은 하나의 설(說)에 지나시 않으나 현 김정은의 대내외 행동은 이전에 일찍이 보지 못한 매우 호전적인 경향이어서 대한민국으로서는 유비무환(有備無患)의 자세로 냉정하고 치밀하게 대책을 마련해야 한다는 요지의 발언을 했다. 대부분의 참가자는 동천의 발언에 동감을 표시했다. 그러나 안공과 CS글로벌의 이도규 사장은 다른 의견을 말했다.

안공: 북의 김정은은 미국을 상대로 전쟁할 수 없다는 걸 잘 알고 있습니다. 핵·미사일에 광적으로 집착하는 건 체제 생존 때문이지 남쪽을 공격하려는 데 있지 않다고 봅니다. 그런데도 미국과 한국 정부는 북의 위협을 확대·과장하면서, 군사훈련을 강화하고 확장 억제수단으로 핵전력 공유 내지 국내 재배치를 거론하고 있지요. 심지어 국내 극우파들은 이제는 공공연히 자체 핵무장까지 강력 주장하고 있는 실정입니다. 북의 위협을 스스로 촉발·강화 시키는 대응은 자제해야 합니다. 강대강의 연속은 양쪽 다 파멸로 갈 겁니다. 김여정이 윤석열 대통령에 대해 '위험한 상황을 계속 만들어 내는 바보'라거나 '정말 단순하고 어린아이' 같다고 비방하더라도, 그냥 개 짖는 소리로 알고 대인답게 대처하는 게 득책이지요.

이도규 사장: 저는 2004년부터 북한 개성시 개성공단 옆에 흐르는 사천강에서 골재를 채취해 남쪽으로 반입하는 남북협력 사업을 했습니다. 평양을 여러 번 다녀왔고, 개성은 거의 매일 출퇴근했지요. 2013년 2월경 북이 3차 핵실험을 하고부터 사실상 사업이 어렵다가

2016년 2월 10일 박근혜 정부의 개성공단 가동 중단 결정에 따라 사업장을 폐쇄당하였습니다. 개성공단 입주업체는 물론이고 남북교류 협력 사업을 한 대북 기업가들이 대량으로 파산하게 됐지요. 저도 약 100억 원 투자하여 연간 300만 루베의 골재 채취 설비를 해두었는데, 결국 투자금 대부분을 날리게 됐습니다. 문재인 정부 때 투자금 보상 차원에서 일부 금액을 장기 저금리 융자 방식으로 지원받았습니다. 대북 사업가들은 김대중 정부의 햇볕 정책을 믿고 리스크가 큰 대북 사업에 뛰어들었으나, 결과적으로 막대한 손해를 맛봤습니다.

우리 대북 사업가 입장에서는 남과 북의 지도자들이 남북 경제 협력과 교류 문제에서만큼은 경제 원칙에 따라 한반도 전체 경제를 발전·확대하도록 해주었으면 합니다. 남과 북의 정권 담당자가 제멋대로 남북 경제 관계를 좌우지하지 못하게 하는 방법은 없는가요. 우리 대북 사업가들은 남북의 긴장이 풀어져, 다시금 중단된 사업을 재개하고 싶은 마음 간절합니다.

이들의 발언에 대해 송변이 반박하고 나섰다.

"긴장을 조성하고 도발하는 쪽은 언제나 북이었습니다. 한국전쟁이 그 전형적 대형 사례 아닌가요. 북쪽은 휴전협정 이래 남조선 해방이란 미명으로 군사적 도발, 무장공비 침투, 항공기 폭파, 사이버 공격, 해킹, 암호화폐 절취, 최근에는 러시아에 무기를 지원해 우크라이나 전장에 보내고, 러시아에 포탄과 미사일을 수출하는 걸 계기로 무기 성능 개선과 안정성 시험을 한반도에서 자행하고 있습니다. 그런 자들에게 대응하는 대한민국의 방위훈련과 방어용 무기 개발을 긴장 고조 조치로 간주해 북을 자극하여 남북관계를 더욱 냉각시킨다는 주장은 본말이 전도된 것이라 생각합니다.

그리고 대북 사업가들에겐 미안하지만, 대북사업의 리스크 판단을 잘못한 책임을 국가에 돌리는 건 곤란합니다. 대북사업을 일확천금의 기회로 착각한 탐욕에 대한 대가가 아닌지요. 저는 그런 의미에서 김대중 정부의 햇볕 정책을 다시 평가해야 한다고 봐요. 햇볕 정책의 결과는 핵 구름을 몰고 와 한반도를 덮었으니까요."

안공과 이도규 사장이 서로 재반박하려 했으나, 동천이 이 논점에 대해서는 서로 다른 의견을 존중하는 것으로 하고 다음 질문으로 넘어가자고 했다. 열띤 토론의 분위기를 식히기 위해 30분 정도 티타임을 가졌다.

2. 김씨 조선 왕조 3대 왕 김정은이 전쟁 도발을 할 수 없도록 원천 봉쇄하는 방책은

30분간 휴식 때 참석자들은 실내를 나와 임진강 건너의 북쪽 산하를 바라보며 최근 북한 동향에 대해 방담을 했다.

〈 최근 북한의 NLL 관련 동향 등 〉

김정은은 광명성절 축하 쇼를 하듯, 이틀 전 강원도 원산 일대에서 신형 지대함 순항미사일 '바다 수리-6형' 발사를 참관했다고 북쪽 선전 매체들이 보도했다. 이 자리에서 김정은은 '연평도와 백령도 북쪽 국경선 수역의 군사적 태세를 강화하라. 우리가 인정하는 해상국경선을 적이 침범할 시 그것은 곧 우리의 주권에 대한 침해로 무력도발로 간주할 것'이라고 했다. 북쪽이 해상국경선이란 표현을 한 적이 없었다.

서해북방한계선(Northern Limit Line)은 1953년 7월 휴전협정 이래 지켜져 온 서해 해역의 분계선이다. 김정은은 NLL을 국제법에 근거 없는 유령선이라고 하면서 NLL 남쪽으로 수 ㎞ 내려온 서해 해상경비계선을 설정하고 이 해상선을 그들의 해상국경선이라고 억지를 부리고 있다.

같은 날 대한민국과 남미의 쿠바(Cuba) 공화국은 극비리에 수교 협정을 체결하고 15일 전격 발표했다. 북한의 방해 공작을 우려해 극보안 속에서 진행되었다. 쿠바는 북한이 형제국이라 부를 만큼 몇 남지 않은 우호국이다. 북한의 외교적 고립이 더욱 심화되었다. 이에 대응하듯 김여정 북한 노동당 선전선동부 부부장은 '일본이 북의 방위권을 부당하게 트집 잡거나 일본인 납치 문제를 장애물로 놓지 않으면 두 나라가 가까워지지 못할 이유가 없다. 기시다 총리가 평양을 방문하는 날이 올 수도 있다'라는 요지의 담화를 발표했다. 외교적 고립이 조여오자 일본에 손을 내민 것으로 분석

되었다.

이런 북쪽 관련 동향이 긴박하게 돌아가는데, 14일 윤석열 대통령은 18일로 예정된 독일 국빈방문·덴마크 공식방문 계획을 순연한다고 발표하여 궁금증을 자아내었다. 일정 순연의 이유와 재추진 등에 대한 설명은 생략되었다. 외교적 결례가 아닐 수 없다. 정치 평론가들은 총선을 50여 일 앞둔 중요한 시기이고, 대통령 부인 김건희 여사의 크리스챤 디올 백 수수 의혹 논란이 해소되지 않은 채 김건희 여사가 해외 순방에 동행한다면 언론에 다시 이 의혹이 집중 조명받게 될 것을 우려한 것이 순연 결정의 배경으로 분석하고 있었다. 북의 김정은은 군사적 도발에 혈안이 되어있고, 대한민국은 국회의원 선거와 디올 백에 올인하는 형국이었다.

휴식을 마치고, 자리에 앉자 동천이 '세계 군사력(World Firepower) 비교, 세계 경제력(World GDP) 비교', '남북한 군사력 및 경제력 비교' 제목의 자료를 배포했다. 토의에 참고하라는 배려에서다. 군사력 자료는 2024년 글로벌 파이어파워(Global Firepower)에서 발표한 것이고, 경제력 자료는 2024년 IMF 발표 자료다.

참석자들의 관심을 모은 데이터는 남북한 비교였다.

먼저, 핵전력을 제외하고 재래식 전력에서는 한국이 북한을 압도하는 정도를 넘어섰고 북한은 비교 상대조차 될 수 없는 상태였다. 대한민국은

2024년 기준 세계 군사력 순위에서 5위에 있다. 1위 미국, 2위 러시아, 3위 중국, 4위 인도 그 다음이 대한민국이다. 한국은 2020년 이후 군사력 순위 6위를 지키다가 올해 1단계 올라섰다. 전통적인 군사 대국인 영국, 프랑스, 튀르키예, 일본을 제친 것이다. 이에 비해 북한의 재래식 군사력은 36위이다. 재래식 전력에서는 북쪽은 한국의 상대가 될 수 없다. 그러나 핵전력과 미사일 부분에서는 한국의 열세를 인정하지 않을 수 없다. 세계 7위 이상 군사 강국 가운데 핵전력을 보유하지 않은 국가는 한국뿐이다. 다음 경제력을 비교하면 남·북의 격차는 그야말로 천양지차다.

2023년 기준 한국의 GDP 순위는 13위다. GDP 규모는 1조 7,800억 달러다. GDP 순위 1위는 미국 약 28조, 2위는 중국 약 18조, 3위 독일 4조 7천, 4위 일본 4조 3천, 5위 인도 4조 1천, 6위 영국 3조 7천, 7위 프랑스 3조 2천, 8위 이탈리아 2조 2,800억, 9위 브라질 2조 2,600억, 10위 캐나다 2조 2,300억, 11위 멕시코 약 2조, 12위 러시아 1조 9천이다. 호주, 스페인, 인도네시아, 튀르키예, 네덜란드, 사우디아라비아, 스위스 등이 14위 이하 순이다.

이 자료에서 눈여겨볼 부분이 있었다. 국내외 특히, 일본 언론에서 특별한 관심을 보였다. 일본이 GDP 순위에서 독일에 밀려 4위로 내려앉았고, 경제성장력에도 뒤져 장기적으로도 순위 하강이 예측된다는 분석이었다. 머지않아 인도에도 추월당할 것으로 전망하고 있다. 여기에다 1인당 GDP에서 한·일 소득이 역전된 것이 더욱 주목을 받았다. IMF 자료에는 한국은 인구 5,178만 명, 1인당 GDP 34,653달러로 개인 소득 기준 세계 순위 32위이고, 일본은 인구 12,329만 명, 1인당 GDP 34,555달러로 세계 순위 33위로 나와 있다. 구매력 기준(PPP) 소득으로는 몇 년 전부터 한·일이 역전되었지만, 1인당 GDP 기준으로 역전된 것은 처음이다. 한·일 경제 분석가들은 이런 추세가 앞으로도 지속될 것으로 전망하고 있다. 대한민국 국민이 일본 국민보다 경제적으로 잘 산다는 의미라고 해석할 수 있다. 1945년 8월 15일 해방 이후 78년 만의 대역전·쾌거를 나타내는 경제 통계다.

북한의 GDP는 경제 통계를 공개치 아니하여 추정치로 산정할 경우, KDI 보고서에 따르면 2022년 기준 GDP는 152억 달러, 1인당 GDP는 590달러라고 한다. 대한민국 경제 규모의 1%에도 미치지 못하고 개인 소득은 1/60 정도다. 경제력의 남북 비교는 이미 그 의미를 상실한 지 오래되었다. 북한 경제는 이미 생존력을 상실했으며, 오로지 김씨 왕조 유지 경제 체제에 지나지 않고, 그런 만큼 내부통제와 군사력 강화에 매진하고 있다.

반동사상문화배격법, 청년교양보장법, 평양문화어보호법 등 이른바 '혐한 3법'은 내부통제의 생생한 증거고, 핵무력 사용 법제화, 핵·미사일 도발은 군사력 증강만이 김정은의 살길이라는 절박한 몸짓이었다.

동천은 군사 문제에 대한 최고위급 전문가인 도 제독에게 질문하기를 권했다.

도 제독은 한국 해군이 배출한 뛰어난 전략가로 정평이 나 있었다. 그는 한국 해군사관학교를 졸업하고 미국 해군사관학교에도 국비 유학을 했으며, 한·미 연합사령부의 작전참모 부서에서 근무하기도 했다. 그는 한국 해군이 영해수호작전 수준에 머물고 있는 것을 지양하고 대양해군으로 성장해야 한다고 지론을 펴왔다. 그러기 위해 한국형 항공모함 보유, 한국형 함재기·핵잠수함 등 전략무기 개발을 조속히 추진해야 한다는 입장이다. 특히, 한반도는 국토가 좁지만 상대적으로 광대한 해역이 있고, 지정학적 요충지이므로 타국이 넘볼 수 없을 정도의 해양군사력이 국가 존립과 번영에 필수요건이라는 소신을 견지해 왔다. 그런 도 제독이 한통일 교수에게 던진 질문이다.

 "전쟁을 다루는 지도자나 군사 지휘자들은 그 대상인 '전쟁'의 개념을 분명히 인식해야 하고, 그 개념에는 전쟁에 대한 철학이 내재되어 있습니다. 춘추공께서는 어떤 전쟁 철학을 가지고 전쟁에 임해왔는지요."

 "도 제독께서는 전쟁 실무에만 능통한 줄 알았는데, 꽤나 학구적이군요. 춘추공의 시대는 전쟁이 일상화되어 있었습니다만, 전쟁에 관한 이론적 접근은 매우 추상적이었지요. 춘추공은 손자병법(孫子兵法), 육도삼략(六韜三略) 등 병법가(兵法家)의 책들을 탐독했습니다. 춘추공은 그의 사후 동서양의 전쟁론에 관해 관심이 지대하여 저와 깊은 대화를 나누었습니다. 춘추공의 전쟁관이라 할까 전쟁론을 얘기해 볼까요?"

한 교수의 발언에 참석자들은 흥미롭다는 듯 잔뜩 관심을 집중하고 발언을 기다리고 있었다. 잠깐의 침묵을 깨고 한 교수는 춘추공을 대리하여, 그 사자로서 이렇게 말했다.

춘추는 이렇게 말했다.

춘추공: 전쟁이 무엇인지 그 본질을 알아야지, 전쟁에 대처할 수 있다는 점은 예나 지금이나 마찬가지겠지. 삼국시대에도 크고 작은 전쟁이 있었지요. 이 전쟁에서 살아남기 위해, 승전하거나 또는 전쟁을 막기 위해 여러 가지 전략과 전술, 동맹, 외교 등이 펼쳐졌다오. 나는 당에 유학하는 신라인들에게 병법가의 서적들을 수집해오고 연구하게 독려했다. 여러분이 지금도 즐겨 읽는 손무(孫武)의 손자병법, 오기(吳起)의 오자병법, 강태공의 육도, 황석공(黃石公)의 삼략, 사마양저의 사마법 등이 연구하는 병서였다오.

신라의 화랑들은 이들 병서의 주요 내용을 암송해야 했다. 김유신 대장군과 나는 병법가의 이론을 놓고 토론을 벌였다오. 나의 전쟁관은 기본적으로 손자 등 병법가의 견해를 따르고 있소.

도 제독은 고대 병서를 공부했을 터이니 손자병법의 13편 중 첫 편 계(計)를 큰 소리로 말할 수 있는지….

도 제독은 갑작스런 춘추공의 명령아닌 명령에 약간 당황했지만, 이내 익히 알고 있는 첫편의 유명한 구절을 중국어 발음으로 암송하고는 실내에 있던 게시판에 그 부분을 한자로 썼다.

孫子曰: 兵者 國之大事 死生之地 存亡之道 不可不察也
손자왈: 병자 국지대사 사생지지 존망지도 불가불찰야

(손자는 말한다. 전쟁이란 나라의 중대한 일이다.
죽음과 삶의 문제이며, 존립과 패망의 길이니 살피지 않을 수 없다.)

춘추공: 대한민국 수군(水軍) 장수는 병법을 깊이 있게 터득하고 있구나. 신라의 장보고 시대 때 신라가 동북아의 해상패권을 장악했다오. 당나라의 황해 연안 즉, 산둥반도에서 장강하구에 이르는 지역에는 곳곳에 신라방이 설치되었고, 신라소라는 자치기구도 있었다. 동북아 해상 교통의 거점 역할을 했지요. 신라인들이 신라방을 만들고 당나라 연안 곳곳에 있는 신라방을 연결한 것은 그대들 시대의 개념으로는 인적교통과 물적 교류의 네트워크(network)를 구축한 셈이지.

이런 노력을 기울인 데에는 손자병법의 가르침이 있었기 때문이오. 바로 지피지기 백전불태(知彼知己 百戰不殆), 병자궤도(兵者詭道)와 용간(用間)이다. 손자병법의 간결하고 압축된 문장은 2,000년이 지난 지금도 타의 추종을 불허하는 명언이라 생각한다. 신라는 손자병법의 전략·전술 원리를 깨닫고, 그 시대에 맞게 변용 즉, 구변(九變) 적용하여 통일 대업 전쟁에서 최종 승자가 되었다고 생각한다.

기왕 나온김에 손자병법의 핵심 중의 핵심인 다섯가지 일 즉, 오사(五事)를 알고 있는지.

도 제독이 대답했다.

"병자(兵者)가 살피지 않으면 안되는 불가불찰(不可不察) 사항이 바로 오사(五事)입니다. 도(道), 천(天), 지(地), 장(將), 법(法)입니다."

한 교수가 도 제독에게 도천지장법에 대해 간략한 설명을 요청하자, 도 제독이 오히려 그 요청을 달가워하며 설명을 했다.

"도(道)는 민심이 군주와 같이 해야 백성은 생사를 두려워하지 않는 것인데, 전쟁의 정당성, 백성의 신뢰가 전제되어야 전쟁을 치를 수 있다는 요지입니다.

천(天)은 자연기상의 변화를, 지(地)는 지리적 조건을 가리킵니다. 장(將)은 군대를 지휘하는 장수의 지혜(智), 믿음(信), 어짊(仁), 용기(勇), 위엄(嚴)을 말합니다.

법(法)은 군대의 편제, 군율체계, 수송로와 보급물자 운용 등을 말합니다.

손자는 오사를 잘 경영하고 상대와 비교 검토한 자는 전쟁에서 이기고 그러지 못한 자는 이기지 못한다고 했습니다."

도 제독의 설명에 이어, 한 교수가 그럼 손자의 7계(計)도 마저 설명해 주기를 요청해 도 제독은 손자병법의 7계를 쉽게 설명했다.

손자병법의 7계(計)

1. 어느 군주가 도를 갖추었는가(主孰有道)
2. 어느 장수가 유능한가(將孰有能)
3. 천시·지리는 누가 얻었는가(天地孰得)
4. 법령은 누가 잘 시행하는가(法令孰行)
5. 병력은 누가 강한가(兵衆孰强)
6. 병사들은 어느쪽이 잘 훈련되어 있는가(士卒孰鍊)
7. 상벌은 누가 공명한가(賞罰孰明)

우 기자가 촌평을 했다.

"손자가 말하는 5사 7계를 철저히 지키고, 용간계로 상대의 정보를 파악하는 등 지피지기 상태에서 전쟁을 한다는 건 책상머리에서는 가능할지 모르지만, 현실적으로는 일어날 수 없지 않나요? 5사 7계를 모두 고려에 넣고 실천하려면 전쟁을 할 수 없다는 결론에 이르지 않을까요? 인간사회 자체가 결점과 모순으로 짜여져 있어 불완전하고 유동적이기 때문입니다."

한통일 교수가 춘추공을 대리해 이렇게 말했다.

춘추는 이렇게 말했다.

춘추공: 이 사람이 가장 경계하는 것 중 하나가 탁상머리 이론이오. 이론은 이론 그 자체의 논리를 추구하여 때론 현실과 동떨어진 결론에 도달하지요. 손자가 활동한 춘추시대는 약 280년간 춘추 5패가 나타나고 수십개의 제후국들이 1,000여 회에 달하는 크고 작은 전쟁을 했다고 기록하고 있다. 전쟁은 언제나 파괴를 불러오고 천하에는 참상이 널려 있었을 것이다. 그래서 천하의 대란과 참상을 그치게 하여 평화와 안정을 가져올 방책을 찾으려 했다.

여러분도 알고 있는 제자백가(諸子百家)가 바로 천하를 구하는 비책이 있다고 나선 인물들이다. 이들은 각자가 개발한 이론과 철학·비책을 품고 천하를 주유하며 왕과 제후, 재상, 장수들에게 유세(遊說)를 했지요. 그들을 세객(說客)이라고 불렀다. 그 대표 격이 주유천하를 한 공자 아닌가. 그는 인(仁)을 펴서 세상을 구한다는 왕도정치(王道政治)

를 설파했지만, 춘추 시대의 어느 제후나 왕도 설득하지 못했다.

노자는 공자에게 쓸데없이 나대지 말고 집에서 조용히 지내라고 충고했다고 하더군. 사마천 사기 열전에 나와 있어요. 노자는 속세의 가치인 권세와 부, 명예를 추구하지 말고 무위자연(無爲自然), 무위지위(無爲之爲)를 최고의 덕목으로 여기고 속세를 벗어나 지내려고 했지. 그러나 손자는 노자나 공자와 입장이 반대지요. 그는 전쟁을 인간 집단의 행위 중 하나의 선택으로 인정했다. 그가 호전적이어서가 아니라, 전쟁을 있는 그대로 받아들이고, 전쟁의 피해를 최소화하고 전쟁을 막아야 하지만, 그렇지 못할 때에는 이겨야 한다는 사상이다.

즉, 이전거전(以戰去戰) 바로 전쟁으로 전쟁을 극복하자는 주장이다. 그래서 손자는 전쟁을 인간의 지성과 지혜로 관리해 보자는 관점에서 전쟁에 관한 실용이론을 체계화하여 손자병법을 남겼다. 손자는 자신의 이론을 오왕 합려에게 상책(上策)하여 군사가 되었고, 오(吳)나라 합려를 춘추 5패(覇)에 올렸다.

손자병법의 원리대로 전쟁을 할 수는 없겠지. 그러나 손자병법의 기본 원리를 소홀히 하거나 무시한 왕이나 권력자들은 어김없이 패망했다. 원칙을 지키려고 경계하고 진력한 지도자와 그렇지 않은 자와는 그 결과가 극명하게 나타나는 장면이 바로 전쟁 국면이다. 권력자 개인의 몰락에 그치지 않고 백성이나 나라가 참화를 입게 되니까.

이 사람 당대에도, 당 태종은 조정 중신들과 민심은 고구려 원정을 원치 않았고, 원정 반대 간언이 줄을 이었다고 한다. 이세민은 손자병법의 도(道)를 어기고 출정했다가 패전하고 그 얼마 후 서거했어요. 수나라 양제의 고구려 원정도 대표적으로 병법을 어긴 같은 사례라고 해야겠지.

그럼 그대들 시대 작금의 러시아의 우크라이나 침공은 러시아 국민은 물론이고 세계인 누구도 원치 않는 전쟁이 아닌가. 손자병법의 5사 중 제1인 도(道)를 팽개친 전쟁이니 결과는 뻔할 것이다. 병법 얘기는 이쯤 해 둘까.

남성들은 전쟁 얘기를 하면 본능적으로 끌린다고 한다. 병법에 관한 담론을 여기서 마치려는데, 국정원 국장을 지낸 김상용이 월맹의 지도자 호지명(胡志明)을 불러왔다.

"역사적 사실인지 아닌지는 확인할 수 없지만, 월맹의 지도자인 호지명은 다산 정약용의 '목민심서'와 '손자병법'을 늘 곁에 두고 애독했다고 합니다. 베트콩의 지하 땅굴에서 노획한 물품 가운데 손자병법 책이 다수 있었는데 그의 영향인지는 알 수 없지만, 베트콩 게릴라 지도자들도 지하 땅굴 속에서 생활하면서도 손자병법을 읽고 활용했다고 합니다. 1975년 4월 미군이 월남에서 패전하고 철수한 후 자체 평가하는 과정에서 지하 땅굴에서 발견한 손자병법에 주목했다고 합니다. 압도적인 무기와 군대를 갖춘 막강 미군이 베트콩 게릴라와 월맹군에게 패배한 이유를 병법의 몰이해에서 찾은 것이지요. 그래서 미국육군사관학교에서는 월남전 이후 손자병법을 'Sun Tzu, The Art of War'라고 하며 가르치고 있다고 합니다."

한 교수가 김 전 국장의 발언 내용이 사실에 부합할 거라고 했다. 그러자 김철 공사도 한마디 덧붙였다.

"중국이나 북조선의 군대는 당(党)의 무력입니다. 중국공산 혁명 세력과 북의 김일성 집단의 군대는 게릴라 유격전을 펴는 부대에서 출발했지요. 그들에게 유용한 전략·전술의 이론 기초를 제공한 것이 손자병법이네요. 그중 병자궤도야(兵者詭道也)입니다. 약한 병세(兵勢)로 강자를 이기는 방법은 속임수뿐이지요. 모택동이나 김일성이도 손자병법 신봉자라고 봅니다.

모택동이, 손자의 묘당에 세운 기념비에 '지피지기 백전백승(知彼知己 百戰百勝)'이라고 썼습니다. 원래는 백전불태(百戰不殆)지요. 게릴라 요원들이나 추종자들에게 용기를 북돋울 의도로 백승(百勝)으로 변용한 겁네다.

그런데 제가 남쪽에 와서 보니 손자병법에 대한 연구나 관심은 민간기업에서 더 활발합니다. 군의 지도자들은 서양의 클라우제비츠는 연구하고 잘 알면서 손자병법 연구는 별로인 것 같더군요."

〈 크라우제비츠의 전쟁론과 손자병법 〉

동양에 손무(孫武, 기원전 6세기)가 있다면, 2,200여 년의 격차가 있지만 서양에서는 칼 폰 크라우제비츠(Carl von Clausewitz, 1781-1831)가 있다. 그는 프로이센의 군인으로서 나폴레옹 전쟁에서 패하여 포로가 되기도 하고, 나폴레옹의 러시아 침공 때 러시아군에 가담하여 싸웠다.

1815년 워털루 전장에 프로이센 군단 참모장으로 참전해 공을 세워 장군이 되었고 베를린의 전쟁학교 교장으로 부임하여 「전쟁론(Vom Kriege)」을 집필했다. 전쟁론은 그의 사후 부인이 편집해 출간했다. 지금까지도 서양에서는 전쟁론의 고전으로 평가받고 있고, 여러 전쟁에 영향을 미쳤다. 클라우제비츠는 전쟁을 정치의 수단으로 파악했다.

"전쟁은 단지 다른 수단으로 정치를 하는 것이다. 인류 역사에서 정치적 성격을 갖지 않는 전쟁은 없었다. 전쟁이 바로 정치다. 정치는 전쟁의 목적을 설정하고 전쟁은 그 목적을 실현하는 수단이다." 전쟁과 정치와의 관계에 대한 그의 철학이다.

"전쟁은 나의 의지를 관철하기 위해 적에게 굴복을 강요하는 폭력행위"라고 단정한다. 전쟁의 수단은 폭력이고 적을 무너뜨려 차후에 어떤 저항도 하지 못하게 하는 것이 목적이다. 그의 절대전쟁 개념이다.

"전쟁은 폭력행위이며 폭력의 사용은 무제한적이다. 적과 동지를 구별하지 못하면 싸우기도 전에 패배한 상태나 다름없다. 전쟁의 요소인 적대적 의도는 상호작용으로 극단으로 치닫고 폭력적일 수밖에 없다. 전쟁의 논리를 인식하지 못하거나 간과한다면 전쟁에서 승리할 수 없다. 평화를 원한다면 전쟁에 내재하는 폭력의 논리를 알아야 한다."

"선량함 때문에 잘못을 저지른다면 이보다 더 나쁜 잘못은 없다."

"주력 전투는 피를 가장 많이 흘리는 전쟁 방식이고, 학살은 그 특징이다. 승리를 위해서는 주력 전투를 피할 수 없다. 전력을 다하지 않고 승리를 바랄 수 없다."

"이기려면 적을 믿지 말고 자신을 믿으라는 것이 전략의 진리다."

"정복자(나폴레옹)는 항상 평화를 사랑한다. 그래서 그는 기꺼이 우리나라 안으로 조용히 들어오려 할 것이다."

크라우제비츠 전쟁론의 핵심 메시지 요지다.

손자나 크라우제비츠는 전쟁이 정치의 영역에 속한다는데 일치된 견해를 보인다. 그런 만큼 전쟁의 예방이나 승전은 한나라 지도자의 국내외에 걸친 정치역량에 좌우된다는 점을 웅변하고 있다. 국내 정치의 난맥을 호도하기 위해 전쟁한다면 패전이 예약된 것과 같다는 것이다. 손자는 '백전백승(百戰百勝)이 가장 잘된 것이 아니며, 싸우지 않고 적을 굴복시키는 (不戰而屈人) 용병이 가장 잘된 것'이라고 했다. 이에 대하여 클라우제비츠는 전쟁에서 피를 흘리는 폭력행위는 불가결하며, 주력 전장에서 결전으로 승리를 쟁취하여 적의 저항 의지를 완전히 박탈해야 전쟁이 종료되고 평화가 온다고 주장하고 있다. 결전 추구 사상이라 할 수 있다. 손자의 부전승 추구 사상은 이상적일지 몰라도 현실에서 일어날 개연성은 회의적이다.

동천은 국방대학원에서 1년간 연수하며 클라우제비츠의 전쟁론을 배우고 읽게 되었다. 손자병법과의 비교도 학생 사이의 인기 토론 주제였다. 이 자리에서 춘추공을 모시고 클라우제비츠 전쟁론까지 나아간다면 오늘의 대화 목적을 달성하는데 적절치 않다고 생각했다.

동천이 말했다.

"동서양 전쟁론 비교는 다음 기회로 미루고 춘추공께 북의 전쟁 도발을 원천 봉쇄할 비책을 여쭈어보면 어떨까요."

동야그룹 이상군 회장이 "그럼 제가 바로 질문을 할까요?"하며 자못 익살스런 표정과 함께 입을 열었다.

"사업하는 사람들 입장에서는 남북 정세가 안정되길 학수고대합니다. 조선 3대 왕이든 독재자든 간에 제발 전쟁 도발은 생각지도 못하도록 춘추공께서 김정은에게 엄중한 훈계를 하고, 전쟁 도발 포기선언이라도 받아주시기 바랍니다."

한 교수는 웃으면서 그렇게만 된다면 춘추공과 제가 노벨평화상 공동수상자 자리는 따 놓은 당상이라고 했다. 그러고는 춘추공의 사자로서 이렇게 말했다.

춘추는 이렇게 말했다.

춘추공: 전쟁의 본질 등 전쟁론의 이론적 탐색은 매우 유익하였다오. 프로이센의 크라우제비츠 이론은 게르만 민족의 사고방식이어서인지, 이 사람이 채택하기에는 어쩐지 탐탁지 않아요. 그래도 손자가 선지선(善之善)이라고 치켜세운 부전이굴인(不戰而屈人) 즉, 부전 추구 사상이 바람직하다고 보오. 상대 적의 저항 의지를 박탈하기 위해 상대의 인적·물적 토대를 완전히 파괴한다는 절대전쟁 사상은 전쟁의 목적이 전쟁 그 자체일 수 없다는 점, 그리고 전쟁 후 복구라는 차원에서도 일정한 제약이 요청된다고 생각한다.

그래서 전쟁 주체가 공·수(攻·守) 어느 쪽이든 부전 추구의 정신으로 전쟁에 임해야 하지 않겠는가. 그대들 시대는 핵·미사일이라는 절대 파괴 무기로 싸우는데 이런 무기로 화공전(火攻戰)을 감행한다면 모두가 패자요. 인류 절멸이 우려되지 않는가. 딱한 후손들이다. 김정은이 철없는 위원장이 핵을 만지작하니 나라도 나서야겠지.

첫째 방책은 병법의 원칙과 역사가 알려주는 바다. 대한민국이 내부에서 분열이 깊어지고 정쟁이나 시위 등으로 사회 혼란이 발생하면 그때는 김정은의 전쟁 도발 의욕을 가스라이팅 하는 것임을 명심해야 한다. 이 사람이 김정은을 훈계·경고하더라도 그는 듣지 않을 논리를 펼 게다. 어떤 논리냐고? 1980년 5월 광주민주화운동이 발생했다. 그 당시 김씨 조선 초대 왕 김일성이 광주민주화운동에 대해 평가했는데 그 속에 김씨 왕조의 속내가 고스란히 나타나 있더군.

김일성은 광주민주화운동 때 남조선을 해방할 천재일우의 기회가 왔는데, 이를 놓친 것을 여러 번 한탄했다고 술회했다. 내홍은 김정은의 남침을 부르는 초대장이라는 걸 잊지 말도록. 김정은의 전쟁 의지를 억지하는 방법은 손자병법에서 가르침을 얻기 바란다. 도천지장법(道天地將法)과 5사(事) 7계(計)를 그대들 시대에 맞게 적용하면 될 터이네.

김정은의 저항 의지를 완전히 발본하여 싸우지 않고 굴복(不戰而屈人)시켜 부전승(不戰勝)하려면, 냉전 시기 미·소 경쟁에서 미국이 전쟁 없이 소련을 굴복케 한 사례와 동·서독(東·西獨) 대결에서 서독이 전쟁 없이 동독을 흡수한 사례를 잘 살펴서 그 시대에 맞게 변통하면 해법이 있을 것이다. 여기에는 헨리 키신저(Henry Kissinger)라는 외교의 거인이 있었다는 점도 새겨두게나. 월남 전쟁, 아프간 전쟁, 이라크 전쟁에서 미군이 상대 적(敵)의 저항 의지를 꺾는 것은 고사하고, 오히려 패전하거나 일시적 승전 후에 다시 상대 적(敵)이 되살아난 사례도 철저히 분석해 그 원인과 해법, 그리고 교훈을 찾아야 한다. 이 사람이 그대들에게 아기에게 맘마 먹이듯 일일이 지도하면 하늘이 화를 낼 것이오. 우리 후손들이 자강할 역량을 계발하지 못하고 위기 때면 으레 타에 의존하는 습성이 들게 하여, 결과적으로 나라와 백성에게 큰 해가 된다면 통탄할 노릇이 아닌가.

춘추공의 원론적 교시가 끝나자마자 안공이 두 번째 방책을 재촉했다. 한 교수는 춘추공의 각별한 당부라며 두 번째 비책은 춘추공의 별도 말씀이 있을 때까지 여기 참석자들만 공유해야 한다고 주의를 주었다.

춘추는 이렇게 말했다.

춘추공: 두 번째 방책은 비책이라고 해도 좋을 듯하구나. 기본 원리는 이이제이(以夷制夷), 이열치열(以熱治熱)이라 할 수 있다. 현대의 핵전쟁 방책으로 제시되는 공포의 균형(Balance of Terror)이론이다. 대한민국은 핵을 가지고 있지 않으니 이핵제핵(以核制核)의 공포의 균형 전략을 쓸 수 없구나. 그렇다면 사람을 사람으로 막는 전략, 즉 이인제인(以人制人) 전략이다.

그 사람은 누구인가. 북의 핵무력 단추를 갖고 노는 김정은을 대한민국의 누군가가 통제하면 될 것이다. 5,000만 국민 중에 적합한 위인이 없을 리 없다. 누구냐 바로 전직 대통령 문재인(文在寅)이다. 왜 그냐고? 문 대통령은 재임 중 김정은과 세 차례 회담했고, 2018년 9월 평양 능라도 5·1 체육관에서 15만 군중이 집결한 가운데 성대한 환영식을 누렸다. 그러고는 민족의 영산, 백두산을 김정은과 함께 올라 남·북의 화합과 공동번영을 국내외에 선포했다. 나아가 김정은은 핵 개발을 중단할 뿐만 아니라 한반도 비핵화 의지가 확고하며 더구나 북이 대한민국을 상대로 핵을 사용할 의사는 추호도 없다고 공표했다. 성격이 별나 당최 종잡을 수 없는 도널드 트럼프 대통령에게도 김정은이 비핵화 의지가 확고하니 대북 제재를 해제해야 한다고 설득하다시피 했다. 문 대통령이 김정은의 대변인이냐는 비판이 나올 정도로 그를 감쌌다.

트럼프가 일시 문재인 측의 말에 솔깃하여 2018년 6월 김정은을 싱가포르까지 불러내 회담을 했다. 북쪽의 최고지도자가 미국 대통령을 만난 첫 번째 기록이다. 은둔의 지도자를 일약 국제적 거물로 등장하게 했다. 그러다, 트럼프와 김정은이 2019년 2월 하노이에서 2차 회담을 했을 때 트럼프는 김정은에게 비핵화 의지가 없음을 알고 회담을 결렬시켰다. 트럼프는 이때부터 문재인을 신뢰하지 않았다. 김정은도 문재인을 최고 머저리 등으로 부르며 모욕적인 비방을 연발했다. 사정이 이런데도 문재인 대통령은 재임 때는 물론이고, 2022년

5월 9일 퇴임하고도 김정은의 비핵화 의지를 믿고 있는 것 같구나.

그렇다면, 김정은을 다룰 사람은 문재인 전 대통령밖에는 찾을 수 없다. 문재인으로 김정은을 제압한다. 나라가 어려울 때 지도자가 솔선해야 한다. 이 사람도 생사를 걸고, 연개소문을 찾아갔고, 이세민을 만나기 위해 당의 장안까지 먼 길을 마다하지 않았다. 심지어는 왜까지 다녀왔다. 고급 주택을 신축해 안락하게 살며 전직 대통령 예우를 누리고 책방을 운영하고 고양이들과 공감하는 등 인생의 낙을 누릴 만큼 누렸으니 이제, 국록에 맞는 헌신을 해야 마땅하다. 문재인 전 대통령을 대북특명대사로 임명하여, 북핵 관련 교섭의 전권을 부여해라. 그가 북핵 문제를 해결할 때까지 평양에 체류케 하고, 북핵 문제가 해결되면, 김정은과 함께 서울로 귀환하게 하라. 이 임무가 문재인 대통령이 그간 대한민국으로부터 받아 누린 영광과 호사에 대하여 나라와 국민에게 이행하여야 할 최소한의 반대급부다. 문재인은 김정은을 다루는 특별 비방이다.

한통일 교수의 입을 빌린 춘추공의 말씀은 폭포수 쏟아지듯 큰 울림으로 참석자들에게 들려왔다. 동천을 비롯한 참석자들은 아연해 하면서 각자 춘추공이 던진 이문제김(以文制金)론을 곱씹고 있었다.

국정원 출신 김 전 국장이 '이인제인' 방책을 글로벌 인맥으로 넓혀보면 푸틴·시진핑·트럼프도 이인(以人)의 인물로 선택할 수 있지 않느냐고 했다. 이에 대해 한 교수는 전체주의 동맹관계인 푸틴과 시진핑은 김정은 편일 테니 선택지가 아니고, 트럼프는 능력은 있지만 국제 관계도 비즈니스로 접근하는 사람이어서, 우리나라에 엄청난 대가를 요구할 것이 예상되고 협상 과정에서도 대한민국의 이익보다는 미국의 이익 우선으로 (MAGA 사고, Make America Great Again) 처리할 게 뻔하다고 했다. 이문제김론(以文制金論), 여기에 숨겨진 춘추공의 암호가 내장되어 있는 것은 아닌가?

3. 한반도 통일을 성취할 방략은

3시간여 토의가 진행되어 임진강 물결에도 석양빛이 흔들리고 있었다. 15분간 휴식을 가졌다. 강바람에 실려 온 맑고 차가운 공기가 동천의 폐 깊숙이 들어왔다. 이제 춘추공과의 대화는 결론적 질문 단계에 닿았다. 한반도 통일의 필요성, 당위성, 그 가능성, 통일추진 방안, 통일 대한민국의 비전 등 하나하나가 논쟁적이고 난제가 아닐 수 없다. 동천은 이 주제에 대한 논의를 압축적으로 진행하기로 마음먹었다. 춘추공을 모신다는 의식 그 자체가 쉬운 일이 아니기 때문이었다. 한 교수에게 더이상 희생을 요청할 수 없으며, 뜻에 맞는 분들을 한자리에 모시기도 어려운 일이었다.

동천은 한 교수에게 3범주로 나누어 춘추공께 자문을 구하겠다고 예고했다.

하나는 통일의 당위성(왜 통일해야 하나), 둘째는 통일 성취를 위한 방략은(통일 추진 정책과 방안), 셋째는 통일 대한민국의 비전(통일 후 대한민국의 지향 가치와 체제)이다.

동천이 한 교수에게 질문했다.

"1945년 8월 15일 일제 식민지에서 해방되고 나서는 한반도 민중은 한결같이 대한독립을 외쳤고, 한반도는 조선 때의 영토 그대로 한나라가 되리라는 데 아무도 의문을 가지지 않았습니다. 우리 민족 구성원의 의지와 달리, 미·소 군대가 진입하고 군사 목적으로 정한 남·북 경계가 분단선으로 고착됐어요. 이후 남쪽의 대한민국과 북쪽의 조선 민주주의 인민공화국은 통일을 지상 목표로 설정하고 추진했지요. 김일성은 무력 통일을 시도해 6·25 전쟁이라는 냉전 시대 최초의 열전을 한반도에 불러와 동서진영 간의 대량 파괴 살상으로 한반도가 황폐화되었습니다.

1953년 7월 27일 휴전협정 체결 이후에도 남·북은 통일을 지상과제로 삼았습니다. 대한민국은 평화통일을, 조선 인공은 겉으로 평화통일을 표방하나, 노동당 규약 등에 의하면 무력 통일을 숨기지 않고 있습니다. 1972년 7월 4일 남북공동성명이 발표되었는데, 통일 문제에 대하여 '자주·평화·민족대단결'의 원칙에 입각해 추진하기로 합의했지요. 이 성명은 대한민국의 박정희 대통령과 김씨 조선 왕조 태조 김일성 사이에서 채택된 것입니다. 이 성명의 기조 아래 남북은 때론 화해, 때론 대결의 쌍곡선을 ㄱ

려왔습니다. 그런데 지난해 말부터 북쪽 김정은은 이 성명의 기조를 파기하고 '통일'이나 '민족'이라는 말조차 하지 못하게 했습니다. 김정은은 평화적 통일원칙을 버린 데 그치지 않고 기회가 오면 적국인 대한민국을 침공, 점령, 대평정하겠다고 협박하고 있습니다.

우리의 소원은 통일이라고 입버릇처럼 외치던 대한민국에서도 통일 열정은 식어가고 있고 체제가 다르고 개인 소득 격차가 60배 이상이나 차이가 나는데 굳이 통일할 필요가 있는가. 동서독조차 통일 후 어려움으로 동독 지역은 여전히 낙후하여 큰 짐이 되고 있지 않으냐 등 통일에 회의적인 주장과 지지여론이 점차 높아져가고 있습니다. 춘추공의 고견을 듣고 싶습니다."

7·4 남북공동성명은 1972년 7월 4일 남북 당국이 한반도 휴전·분단 이후 통일에 대하여 합의하고 발표한 최초의 성명이다. 남한의 이후락 중앙정보부장과 북한의 김영주 조선노동당 조직지도부장이 서울과 평양에서 동시에 발표했다. 통일의 3대 원칙이 채택되었다.

1. 통일은 외세에 의존하거나 외세의 간섭없이 자주적으로 해결해야 한다.
2. 통일은 서로 상대방을 반대하는 무력 행사에 의거하지 않고 평화적인 방법으로 실현해야 한다.
3. 사상과 이념, 제도의 차이를 초월하여 우선 하나의 민족으로서 민족적 대단결을 도모해야 한다.

이 3대 원칙을 대한민국은 고수하고 있고 김씨 조선 3대 왕 김정은은 할아버지 태조 김일성이 받아들인 통일 3대 원칙을 막무가내로 설득력 있는 변명도 하지 않은 채 파기해버렸다.

민주평화통일 자문위원회가 실시한 2023년도 2분기 통일 여론조사에 따르면, 남북의 바람직한 미래상으로는 '자유로운 왕래가 가능한 2국가' 체제가 52% 지지를 보였다. 단일국가는 그 절반인 28.5%로 나타났다. 통일의 필요성에 대해서는 필요에 동의한 응답자가 73.4%, 불필요 응답자가 25.4%였다. 필요에 동의한 응답 중 매우 필요는 38.4% 어느 정도 필요가 35.4%로 비슷했다. 통일이 필요하지 않다는 여론이 1/4에 달한다는 조사는 시사하는 바가 적지 아니하다.

한 교수는 춘추공의 사자로서 발언을 시작했다.

춘추는 이렇게 말했다.

춘추공: 최근의 동향에 대해 한 교수로부터 전해 들어 비교적 잘 파악하고 있소. 하늘에서 시공(時·空)을 초월해 세상을 내려다보면 큰 줄기는 더 선명하게 이해할 수 있어요.

1953년 7월 휴전 이후 70년이 지났으니 통일 노래가 지겨울 만하지. 대한민국은 무력 수단을 빼고는 통일하기 위해 온갖 방법과 지혜를 동원했다는 그 진정성을 내가 왜 모르겠느냐. 삼한일통을 평생의 사명으로 삼고 분골쇄신한 입장이니 그대들의 간절한 바람과 치열한 노력에 애가 타는 심정이다.

신라가 통일 대업을 성취하여 청천강 이남 한반도를 통치영역으로 300년 지켜 온 요인이 무엇이었을까 생각해 보라. 고구려·백제·신라가 나뉘어 고만고만 땅 따먹기를 했다면, 대륙의 초강대국 당에 의해 각개격파 되었을 것이다. 수·당의 의도대로 먼저 고구려와 전쟁에서 고구려가 패하면, 백제와 신라가 힘을 합쳐도 당을 감당할 수 없을 것이다. 그럼, 한반도 강토는 당에 편입되어 그때쯤 산동성(山東省) 바다 건너 해동성(海東省)이 되었을 거다.

고구려 연개소문과 백제 의자왕은 신라와 공존공영(共存共榮)을 원치 않았다. 신라는 생존을 위해 삼한일통에 나섰고, 고구려의 연개소문이 북방에서 강력하게 당을 견제하고 방패역을 해주길 바랐다. 그래서 당과 먼저 백제 정벌에 나선 것이다. 고구려가 건재했기에 신라가 백제 공략에 나설 수 있었다. 당이 대(對)백제 전쟁에서 군사력을 소진하고 다시 원래의 야욕에 따라 고구려를 공략할 때 신라는 후선에서 국력과 군사력을 증강하고 비축할 수 있었다.

당은 연개소문 아들들의 권력투쟁이라는 내홍을 기회로 삼아 고구려 공략에 성공했다. 신라는 당과의 애초 약속에 따라 조력을 했을 뿐이었다. 나의 아들 법민과 김유신은 고구려 패망 다음 당이 한반도 점령 야욕을 드러낼 때를 대비해 결전을 준비했다. 7년에 걸쳐 대당 전쟁에서 승리하여 삼한일통을 이루었다. 이건 나의 자랑, 신라의 자랑으로 하는 말이 아니다. 지금 너희들의 처지를 살펴보라. 신라 강역만도 못한 좁은 국토에서 언제까지 대륙의 중국, 인근 러시아, 그리고 일본과 균형을 이루며 대등한 국가로 존립이 가능한가 말이다. 지정학상 반쪽 국토로는 그것도 대단히 부자연스러운 군사분계선으로 인해 지속 가능 국가 영토라고 할 수가 없다. 언제까지 미국만 믿고 있을 것인가. 안보에 있어 믿을 것은 자강(自强)뿐이다.

통일신라가 통치한 강토는 서북 변방의 패수(浿水)에서 원산만을 연결하는 선의 이남 지역이다. 패수를 살수라 하기도 했고, 이제는 청천강이라고 한다. 더구나, 청천강은 대동강 북쪽에 있는 강이고, 동쪽 평안북도 희천군에서 발원해 평안남도 안주를 거쳐 서해로 들어가지. 패수에서 조금만 북으로 가면 압록강이고 고구려 본거지인 요동 땅이다. 이 사람과 내 아들 법민과 그후 신라 왕들이 고구려 본거지를 회복하려 했지만, 같은 동족인 발해 왕조가 발흥하여 남북으로 대치하게 되었고, 서로 상생하는 길을 택했다.

통일 신라 영토는 그대들이 측정해보니 13만㎢라고 하는구나. 지금 한반도의 핵심지역을 다 장악하고 있었기에 수백 년을 지탱하고 번영할 수 있었다. 그대들에게 묻는다. 허리가 잘려신 상도에서 시속

제3부 춘추(春秋)는 이렇게 말했다 191

적 생존과 번영이 가능하겠는가. 미·소 이념 대결·냉전 시대·사회주의 제국 소련의 붕괴라는 20세기의 특수한 조건에서 대한민국이 평화와 경제적 번영을 누렸지만, 21세기의 새로운 도전 앞에서, 현상 유지 방략으로 나라를 끌고 갈 수 있겠는가.

대륙 중국은 미국 패권에 도전하고, 러시아는 노골적으로 침략 전쟁을 하고 있고, 김정은은 푸틴 진영에 가담하고 있다. 목전의 안일을 추구하여 통일 염원을 버리는 건 삼국사의 교훈을 잊는 바와 같다. 당랑재후(螳螂在後) 고사를 되새겨 보길 바란다.

한반도 통일은 그대들 후손이 지속적으로 존속하고 번성하기 위한 최소한의 필수요건이다. 통일 의지가 식어가는 추세는 민족의 미래를 좀먹는 일이다. 김정은은 통일과 민족을 버렸으니, 그는 미래를 버리고 우선의 왕노릇에 안주하려는 것이다. 이런 차제에 대한민국 지도자들이 통일 의지를 강고히 하고 통일 역량을 배가해야 마땅하지 않겠는가.

동북아 지역 전체를 놓고 보아도 남·북이 대치하고 있는 현재와 같은 형세는 불안정하기 그지없구나. 한반도 주변의 어느 나라도 한반도에 함부로 진입하거나 분단의 효과를 누리려는 유혹을 갖지 않도록 하기 위해서는 한반도에 단일의 정치 공동체가 튼튼히 뿌리내리고 번영해야 할 것이다. 그래야만 광대한 영토와 거대규모의 인구를 배경으로 함부로 남진하는 대륙세력에 제동을 걸 수 있다. 그와 역으로 해양세력이 대륙으로 멋대로 진출하려는 야욕도 막을 수 있다.

한반도 통일 국가는 미래의 동북아 평화와 안정의 안전핀이 될 것이다. 동북아 지역과 세계의 평화를 지키기 위해서도 한반도의 단일 통일 국가는 대체 불가한 유일한 선택이다. 주변 국가 지도자들도 이러한 비전을 함께 하도록 그대들은 외교활동을 치열하게 펴야 한다.

동방의 작은 소국 출신인 이 사람이 당의 이세민을 설득하는데 얼마나 고초가 많았겠는지 상상해보라. 온몸을 던져 외교 전선에 나서라. 외국 순방하며 허세를 떨거나, 쇼핑에 매달리지 말고.

춘추공의 통일 필요성에 대한 말씀은 지금 세태에 대한 질타였다. 춘추공이 비유로 든 '당랑재후(螳螂在後)'의 고사가 동천과 참석자들에게 따끔한 경고의 신호로 각인되었다.

도 제독은 젊은 병사들 사이에서는 날이 갈수록 통일 의지가 약화되는 경향이 있다는 걸 느끼고 있다고 했다. 그런 만큼 군대 내에서뿐만 아니라 민간 차원에서도 젊은 세대에 대한 통일 교육을 국가 차원에서 한층 강화해야 한다고 목소리를 높였다.

이 단계에서 동천은 다음 쟁점인 통일 달성 방략에 대한 논의로 넘어가자고 했다. 한때 남·북을 제집같이 드나들고 북의 고위층과 인적 네트워크를 가졌던 김 전 국장이 이 쟁점엔 초특급 전문가여서 그에게 발언권을 넘겼다. 김 전 국장은 기회를 주어 감사하다고 하고는 바로 한통일 교수에게 물었다.

"대한민국 건국 이후 우리의 통일 방안과 추진 정책은 시대와 정부에 따라 변화를 거듭했습니다. 건국 후 이승만 정부 시기에는 '북진통일'이 주창되긴 했으나 구호에 그쳤을 뿐 실천정책으로 구현되지는 못했지요. 1960년 4·19 혁명 이후 현 윤석열 정부에 이르기까지 모든 정부의 통일 방안은 겉 포장과 세부 내용에 약간의 차이는 있지만 대동소이합니다. 통일의 수단은 평화적 방법이어야 하고, 실천 방안은 남북의 화해와 교류·협력으로 동질성을 확보하자는 데 있었지요. 그런데 정책 추진의 실제 결과는 화해보다는 분열과 대결로, 동질성보다는 이질성이 한층 심화되었습니다.

정작 가장 핵심 문제인 통일 후 체제에 대해서는 고려연방제 같은 1국 2체제, 남·북 체제가 공존하는 국가연합, 1국 1체제 등 방안이 있었습니다. 남·북 국가연합이나, 고려연방제 방안은 느슨한 형태의 통일 방안이고, 1국 1체제는 흡수 통일 방안입니다. 그런데 느슨한 형태의 통일 방안은 사실상 영구 분단을 기정사실화하는 내용이어서 진정한 통일 방안이라 할 수 없습니다. 성사된다 해도 그 느슨함으로 인해 내부의 분열과 이해 상충이 조절되지 않으면 순식간에 지속성이 단절되는 치명적 취약성이 있지요.

결국, 통일 목표는 솔직히 말한다면 대한민국 주도 아래 한반도에 1국 1체제를 달성하는 것이지요. 국제법상으로도 부합합니다. 이런 통일 후 한반도 체제는 1948년 12월 12일 유엔 총회결의에서 국제적으로 공표되었다고 할 수 있습니다. 그 당시 UN은 총회결의로 대한민국을 한반도의 유일 합법 정부로 인정했지요. 북쪽에 만들어진 정부를 인정하지 않는다는 목적으로 선언을 한 것입니다. 한반도의 통일 방안은 UN이 국제적으로 공인한 대한민국 1국 1체제입니다. 이러한 저의 견해에 대해 한 교수님의 고견을 듣고 싶군요."

한 교수가 창밖을 응시하며 잠시 생각에 잠겼다가 그의 입장을 말했다.

"제가 한국 고대사를 연구하고, 김춘추를 천착하는 작업을 해온 궁극 목표는 한반도에서 두 번째 통일시대의 토대를 만드는 데 기여하려는 것입니다. 이 자리는 연구발표 자리가 아닌 만큼, 결론적 지향점을 얘기하고자 합니다. 저도 김 국장과 전적으로 같은 입장입니다.

최근 북의 김정은은 통일과 민족을 포기하고 개념으로도 지운다고 공언했습니다. 아시다시피, 북한 헌법에는 영토 조항이 없습니다. 국가의 요건으로 영토가 있어야 영토 내에서 거주하는 국민이 있고, 국민이 주권자가 되는 구조가 근대국가입니다. 민족 국가인 경우는 영토 내에 거주치 않고 타국에 거주하더라도 국민 자격을 부여하고 있습니다. 영토고권(領土高權)이 일시적 상황 여건에 의해 실효적으로 미치지 못한다 하여 그 나라의 영토가 상실되는 것은 아닙니다. 우크라이나 영토인 크림반도나 돈바스 지역이 러시아의 침략으로 러시아군에 점령되었다 하여, 국제법적으로 그 점령지역이 러시아 영토로 인정되지는 않지요.

대한민국의 영토고권은 한반도 전역의 육·해·공에 배타적·전속적으로 미치고 있습니다. 북의 헌법상 영토 조항이 없다는 것은 북의 인공(人共) 설계자조차 한반도 전역에 걸친 나라를 건설할 의지가 없었음을 나타냅니다. 소련 공산당이 한반도 점령 지역에 소련의 소비에트를 하나 더 만들려 했던 것이 드러난 겁니다. 그래서 소련은 유엔 총회결의에 따라 1948년 5월 10일에 실시된 유엔 감시 하의 남북한 총선거를 북쪽 그들 점령지에서 실시되지 못하도록 전면 보이콧했지요. 소련 점령군과 김씨 조선 왕들이 70여 년 북한 지역을 점거하고 있다 하여, 대한민국의 헌법상 영토가 축소되는 것은 아니며, 북쪽 지역은 지속적 노력으로 영토고권의 효력이 온전히 미치도록 노력해야 할 대한민국 영토의 일부입니다.

그렇다면 이 시대에, 이 상황에, 통일 방안과 정책은 매우 간명합니다. 한민족 전체의 통일 주체는 북쪽 김정은이 경쟁에서 자진 탈락했으므로, 대한민국 국민이 유일합니다. 여기서 지칭하는 국민은 남·북의 주민과 대한민국의 국적을 보유한 타국 거주 한민족이 포함됩니다.

다음 통일 후 체제는 대한민국 1국 1체제이며, 통일과 경제적 번영 그리고 국제공동체의 지지를 받기 위해서는 대한민국 성공역사를 뒷받침한 현행 헌법 체계를 토대로 자유민주주의, 시장경제 체제, 인권존중, 법치주의, 자율과 창의를 바탕으로 한 21세기 생동하는 공동 행복 사회를 지향하는 헌법전문(全文)개정안을 남·북 국민투표에 부쳐 통과시켜야 합니다."

단숨에 여기까지 말을 풀어낸 한 교수가 숨을 고르기 위해 생수를 찾았다. 그 틈에 국정원 김 전 국장이 거들었다.

"한 교수님 통일 방안 중 남은 건 통일 수단인데, 통일 주체, 통일 후 체제는 탁상에서 머리로 구성해 낼 수 있지만, 통일 수단이 문제 아닐까요, 무력 즉 힘에 의한 통일이냐, 합의 즉 평화적 통일이냐로 돌아가는데, 오래된 진부한 방안을 일거에 무색하게 하는 기발한 뭔가가 없을까요."

한 교수가 허허하고 웃더니,

"여러분들, 춘추시대의 전략가 손자가 병자궤도(兵者詭道)라 설파한 것을 회상해보세요. 평화의 기치를 내세워 침략하지, 탈취 깃발을 들고 침공에 나서진 않지요. 어느 정벌 제국이든, 전쟁을 개시한 나라든 '평화와 안정, 정의'를 내세웁니다. 잔혹한 전쟁일수록 '정의와 진리', '평화와 영광'을 외치지요. 그러니 통일의 수단은 '평화적'일 수밖에 없습니다. '평화적'이라는 그 속에는 무궁무진한 계책이 담겨있지요. 역사가 들려주는 교훈입니다. 그

제3부 춘추(春秋)는 이렇게 말했다

러면, 춘추공께 이 시대에 맞는 통일 비책을 구해봄이 어떨는지요."라고 말했다.

"듣고 보니 평화적 통일이란 빛 좋은 개살구로군요. 하기야 앞에서 웃음 날리며 뒤통수치는 게 세상사이니 말입니다. 그럼 춘추공께 비법을 간청해 봅시다."

김 전 국장의 말에 모두들 박수를 쳤다. 박수는 의례적이었지만, 내심으로는 별수가 있을까 하는 의아심을 가진 표정들이었다. 한 교수가 춘추공의 사자로서 때론 담담하게 때론 열정적으로 말했다.

춘추는 이렇게 말했다.

    춘추공: 그대들의 담론을 잘 들었다. 내게 무슨 비술(祕術)이 있겠는가? 나는 본시 무속이나 복점을 배척해 왔다. 대도무문(大道無門)이라지 않는가. 억조창생 후손들이 분골쇄신해서 극빈국에서 선진강국으로 발돋움한 데 대해 아낌없는 격려와 박수를 보낸다. 이제 나도 하늘에서 내려올 기회가 주어지지 않을 듯하여 몇 가지만 통일에 도움 될 거로 생각해둔 게 있어 알려줄까 한다. 나의 교시를 교조적으로 받아들이지 않기를, 그리고 현실과 상황에 맞게 변통의 지혜를 발휘하기 바란다.

1. 통일은 힘에 의해서만 성취할 수 있다는 원리를 명심해야 한다.

힘은 에너지(energy)이고 기(氣)에서 나온다. 강한 기운 앞에 약한 기운은 흡수된다. 강물이 위에서 아래로 흐르는 힘을 어찌 거역할 수 있겠는가. 통일 수단이라 하면 군사력에 중점을 두는데, 약한 군사력으로 강한 군대를 이긴 전쟁은 허다하다. 전략·전술의 힘, 용병이 더 중요하다. 핵을 가진 김정은과 핵전쟁을 할 수는 없겠지. 핵을 억지할 수 있는 방법은 핵뿐임은 이미 증명되었다. 김정은은 생존을 위해 핵개발·고도화에 매진하고 있다. 그대들도 대한민국의 생존·동북아시아의 평화·번영을 위해 자위적 범위의 핵무장을 할 수밖에 없다. 군사동맹국인 미국과 우호적 일본, EU의 지지를 얻고, 중국과 러시아를 설득해야 한다. 김정은은 국제법을 침해하며 핵무장을 했지만 대한민국의 핵무장은 국제규범에 부합하는 핵자위력이라는 본질적 차이가 있다.

이 사람이 당나라로, 왜로, 연개소문을 찾아가 온갖 변설을 한 것은 신라의 생존을 위해서다. 당의 이세민은 나의 전략 제안을 수용하지 않다가 그의 아들 이치(당 고종 李治) 때 수용했지 않은가. 김정은의 핵을 포기시키든 아니면 대한민국의 방어용 핵무장을 허용하든 해야지만, 동북아 지역에서 핵에 의한 난동을 막을 수 있다는 사실을 납득하도록 해야 한다. 이 지역에서 공포의 균형으로 전쟁 참화를 막아야 한다. 김정은과 핵 균형만 이뤄내면 대한민국과 심성은 십난의 힘의 격차는 고래와 새우 차이와 같다. 물이 아래로 흐르듯이 그대들 시대에 한반도는 전투나 전쟁 없이 평화적으로 힘에 의해 통일이 성취되는 세기사적 변혁을 이루어 내는 것이다.

중국을 설득하는 게 어렵다고 하겠지. 이 사람도 했는데 그대들이 못 할 이유가 있나. UN 사무총장도 배출했다. 한자, 유교, 불교라는 정신문화 가치를 공유하고 있지 않은가. 중국도 변한다. 그 변화를 읽고, 중국 지도자들 가운데 대한민국과 공감하는 인사들을 확보해야 한다.

내가 왜 아들들을 당에 보내 황제의 곁에 머물게 했으며, 유학생을 보내 당의 관리 시험을 쳐 관직에 오르게 하고, 곳곳에 신라방을 설치해 거점 노릇을 하게 했는지 생각해 보라.

시진핑 중국 주석이 2015년 9월 3일 북경에서 2차대전 전승기념식을 개최할 때 박근혜 대통령은 미국 등 서방측 반대 의견에도 아랑곳 않고 참석해 천안문에 올라 중국 인민 해방군의 열병 사열을 받았다. 그런 박근혜를 활용할 생각을 왜 못하는가. 삼성전자는 중국에서 제일 큰 공장을 시안(西安)에 두고 있다. 이재용을 왜 내세우지 못하나, 친중 하자는 게 아니다. 핵을 손에 쥔 불량 왕조 국가를 곁에 두는 건 어느 국가에도 우환이 아닐 수 없다. 중국과 한반도, 일본 그리고 중국의 주변 국가 전체의 이익과 평화, 안정을 위해 김정은 왕과 그의 핵은 제거되거나 최소한 엄정하게 통제되어야 한다는 인식을 공유하자는 것이다. 이것을 성취하기 위한 외교의 힘을 갖춰라. 춘추전국시대의 합종연횡술의 지혜를 찾아내 보라.

군사적인 무력 충돌은 최종단계에서 극소화하여 내전의 참극을 막아야 한다. 시대의 흐름과 정의에 거역하는 일부 저항세력은 어느 시대나 있기 마련이니 개의할 것 없을 것이다. 조급해하지 말고, 소리 없이 평정하기를. 그래야만 제주 4·3 사건이나, 광주민주화운동 같은 비극을 막을 수 있지 않겠는가.

2. 김정은 및 그 추종 특혜 집단과 북한 주민을 분리시키고 다른 대책으로 접근하라.

김정은 및 그 추종 특혜집단은 2,500만 북한 주민을 억압하고 자신들의 권세와 영화를 위해 동원·착취하고 있다. 35,000명에 달하는 탈북민이 생생한 증인이고, 동북 3성에는 십수만 명의 탈북민이 대한민국으로 넘어오기 위해 간난고초를 겪고 있다고 하지 않는가. 그런 만큼 김정은 일당과 분리하여 북한 주민에 대한 대책을 개발해 통일 성취의 큰 기둥으로 삼아야 한다.

대한민국에 정착한 35,000명과 만주에 대기 중인 십수만 명이 연계되어 북한 주민 2,500만과 소통한다면 더할 나위 없는 통일 전위조직망이 되리라. 탈북민 1사람당 북한 주민 1가구 4, 5명을 연설하고 이 조직을 새확

산하는 기법을 원용해 보라. 국정원 요원들이 잘 엮어보라. 북한 주민에게 김정은 왕 및 그 추종 특혜집단의 실상을 널리 알리는 대책을 세워 즉각 실행하라. 역대 정부가 휴전선 일대에서 대북 스피커 방송을 하고, 풍선 등으로 김정은 실상을 알려왔는데, 어느 시기에 단견으로 중지했지. 그건 어리석은 정부의 조치다. 북한 주민에게 진실을 알려 줄 의무가 대한민국에 있다. 휴전선에서 스피커 방송을 하고, 다양한 수단으로 북쪽 주민에게 실상을 알려야 한다. 유튜브와 소셜미디어 등 최신기법을 총동원해, 김정은의 진면목과 K-문화 등 대한민국의 실상을 알게 해야 한다. 이러한 작업은 통일 후 남북 통합의 기초가 될 것이다.

3. 동북아 평화와 번영을 위한 글로벌 연대를 결성하여 특수임무를 수행하게 하라.

이 사람이 역사를 살펴본 바에 의하면 역사상 중대한 격변을 가져온 전쟁에서 전쟁의 중지, 종료는 그 전쟁을 도발한 자나, 전쟁의 최고 지휘자가 사망함으로써 이루어졌다. 한국전쟁은 3년이나 끈 지루한 지구전이었는데, 스탈린이 사망하자 소련이 응해서 휴전이 이루어졌다. 히틀러가 자결하자 바로 유럽의 2차 세계대전이 막을 내렸다. 장장 7년에 걸친 임진왜란도 도요토미 히데요시(豊臣秀吉)가 숨을 거두자, 바로 왜군은 퇴각했다. 통일의 최대 인적 장애물이 누구인지는 분명해졌다. 그 장애 요인을 적출해야 하는 당위성과 필요성도 충족되어 있다.

이제 남은 것은 방법뿐인데, 창의적이고 정숙한 그리고 다수가 지지하는 방법을 찾아보기를. 그대들 정보기관은 충분한 능력을 갖추고 있더구나. 북에 대한 오판으로 국정원이 그 역량을 자진해 사장시켜온 건 아닌지. 주체사상의 이론 제공자이자 김일성 대학 총장을 지냈고, 노동당의 이념 담당 비서까지 역임한 황장엽(黃長燁)을 서울로 모셔온 실력이 있지 않은가.

대한민국의 정보 역량을 총동원하여 '동북아 평화와 번영을 위한 글로벌 연대'라는 글로벌 민간연대 기구를 창설하여 통일의 저해 요인들을 찾아내 봉쇄·고립화시키고, 통일의 씨를 북쪽에 뿌리고, 대한민국과 다양하게 연결되게 하는 특수임무를 지속적으로 추진해야 한다. 황장엽이라는 북의 심장을 서울로 모셔 온 역량이라면, 김정은의 최측근 보위부 고위 장군들을 대한민국과 손잡게 할 수 있을 것이다. 이 글로벌 연대는 중국·러시아·몽골·일본 등 해외의 동포들도 적극 참여하게 하고, 자유민주·평화를 열망하는 세계의 뜻있는 인재나 기업들도 참여하게 해야 한다. 미국 중심으로 조직된 자유조선(自由朝鮮, Free Joseon)과도 손잡을 수 있는지 심모원려 하라. K-문화(culture)의 힘, 이런 때 쓰라고 예비해 둔 것이리라.

4. 북한지역 경제 개발 5개년 계획을 수립하고 북의 청년 세대에게 희망을 줘라.

고매한 맹자(孟子)님 말씀이다. 무항산무항심(無恒産無恒心), 항산(恒産)이 있어야 항심(恒心)이 있다고 하지 않느냐. 백성들은 먹고사는 것을 가장 중요하게 여긴다는 건 이 사람 때나 그대들 시대나 다를 바 없다.

김정은이 2,500만 북한 주민에게 넉넉한 식량과 철 따라 입을 옷을 배급해 준다면, 압제·철권 왕조 통치는 기약 없이 연장될 게다. 그러니, 통일이 되면 북한 주민에게 먹을 것과 입을 것을 즉시 제공한다는 구체적 방안과 실천 계획을 알려줘야 한다. 식량 문제와 필수적인 의료서비스를 무상으로 공급해 인간다운 삶을 보장하겠다고 확약해야 한다.

북쪽의 젊은 미래세대를 향해서 통일의 문이 열리면, 북한지역 경제 발전 5개년 계획을 즉각 시행한다고 약속해야 한다. 대한민국이 박정희 대통령에 의해 1962년부터 경제 개발 5개년 계획을 수립, 여러 차례 시행하여 불과 20년 만에 중진국이 되었지 않은가. 그 후 20여 년 만에 일약 선진국에 진입했었지. 그런 개발·성공 노하우가 있으니, 북한 지역 개발은 더 단기에, 더 효율적으로 성취할 수 있다는 데 아무도 의심하지 않을 것이다. 차제에 북한 지역 전체를 대상으로 하여, 앞으로 100년을 내다보는 신도시를 넘어 신대한민국을 건설한다는 웅지를 펴보아라.

북의 청년 세대는 환호할 것이고, 남의 청년 세대가 호응하여 통일 대한민국은 동북아의 모델국가가 될 것을 믿어 의심치 않는다. 부디 북한지역 경제 개발 5개년 계획을 멋지게 수립해 성공하길 기도한다. 이 거대한 프로그램을 기획하고 실천하는 인물들이야말로 21세기 동북아시아의 위버멘쉬(Übermensch), 즉 초인(超人)이다. 나는 그를 참으로 '난사람'이라고 부르고 싶구나.

춘추공의 도도한 가르침과 격려, 고언은 때론 잔잔한 물결 같고, 때론 천둥 같기도 했다. 그 말씀 속에는 삼한일통을 기획하고 성취하게 한 기개가 있었으며, 오늘날 후손들의 고뇌를 함께 하고자 하는 속 깊은 애정이 깃들어 있었다.

동천과 그 일행들은 여기에서 춘추공과의 대화를 맺기로 했다. 이날의 대화가 끝나, 자리를 옮겨 뒷풀이를 했다. 그 자리에서는 통일 폭탄주가 만들어져 예정에 따라 3순배까지 돌아갔다.

제4부
새시대를 열기 위해

화진포(花津浦)의 이승만 별장과 김일성 별장

이동천 변호사와 한통일 교수가 주도해 진행해 온 춘추공과의 대화에 참여했던 이들은, 춘추공의 가르침과 조언 그리고 각자의 소견들을 모아, 한반도 나아가 동북아의 미래를 빛나는 역사로 만드는 데 기여하는 방안을 함께 궁리했다.

2024년 5월 5일 오전 11시, 강원특별자치도 고성군 현내면 대진항(大津港)에 있는 동해 횟집에 동천 일행이 모였다. 횟집에 오기 전 가까이에 있는 화진포의 이승만 별장과 김일성 별장을 다녀왔다. 대진항 바닷가의 이 횟집은, 동천이 춘천지검 검사 때부터 알고 지내던 맛집이다. 동천은 초임 때부터 남북 접경 지역인 강원도, 그중에서도 이곳에 남다른 애착을 가지고 이 고장에 뿌리내리고 삶을 이어가는 분들과 교분을 이어왔다.

그래서 이곳에서 규모가 꽤 되는 건어물 판매상을 운영해온 동천의 지인인 박 사장도 자리를 같이했다. 박 사장은 이 지역 언론사의 기자로 활동하기도 했다. 이 지역 유력인사여서 누구보다 동해안 남북 접경지역 사정을 잘 파악하고 있다. 금강산 관광이 흥행할 때는 꽤 경기가 좋았으나 이제는 그런 특수를 기대할 수 없게 됐다고 아쉬워했다. 그가 이승만 별장 답사를 안내하고 설명했다.

횟집에 마련된 별채에서 동천 일행은 '21세기 동북아 평화와 번영을 위한 모임' 결성식을 가졌다. 한글 약칭은 '동평단(東平團)'이고, 영문자로는 DPP Team(DongBukA Peace & Prosperity)으로 정했다.

DPP 팀의 유사(有司)는 동천이 맡았고, 진행은 한 교수가 하기로 이심전심 합의했다. 모임은 1년 중 춘추공을 기리는 뜻에서 봄과 가을에 갖기로 했다. 이날 DPP 팀 결성식 및 제1차 모임을 한 것이다. 동천이 그간 DPP 팀의 의견을 종합하여 새 시대를 열기 위한 동평(東平) 플랜을 발표하는 자리이기도 했다.

동평은 동북아시아의 평화와 번영을 압축한 명칭이고, 한반도가 그 중심에 있음은 당연했다. 중국의 대(對)항공모함 미사일의 이름이 동풍(東風)이고, 중국 발음은 '동펑'이어서 혼란의 소지가 있기는 하나, 동평(東平)의 중국 발음은 '동핑'이니 중국인 사이에는 혼동의 여지가 없어서 그대로 쓰기로 했다. 동천은 이름이 주는 마력을 누구보다도 절감하고 있다. 선전·선동의 요체는 '이름표 달기(naming)'이다. 묘하고 음산한 이름을 붙여주면, 상대는 그 이름표라는 그물에 걸려 벗어나기 어렵다. 대상을 신격화하기도 악마화하기도 하는 묘술이 'naming'이고 그 배경에는 프레임(frame) 짜기가 깔려있어 대중 정치 기술자들은 재주껏 애용 내지 악용하고 있다.

동천이 강원도 고성군 대진항 지역을 DPP 결성 겸 첫 모임 장소로 선택한 데에는 뜻이 있었다. 대진항 바로 옆에 화진포 호수가 있고, 이 호수와 동해 바다를 조망하는 곳에 이승만 초대 대통령 별장과 김일성 별장이 가까이에 자리하고 있다. 김일성 별장이 있다는 것은 한때 이곳이 북의 점령 하에 있었다는 걸 알려주는 셈이다.

이곳은 북위 38°선 이북에 위치하고, 우리 국군과 UN군이 수복한 지역이다. 대한민국이 실효적으로 통치하는 남북군사분계선(MDL) 이남 영토는 동해 연안 지역은 38°선을 넘어 39°선 가까운 금강산 입구까지 올라가 있고 서쪽으로는 38°선 남쪽으로 내려와, 동고서저(東高西低) 형상을 이루고 있다. 미·소가 설정한 38°선을 넘어 39°선까지 북상한 이러한 모양새는 이승만 대통령의 특명이 있었기 때문이다. 6·25 전쟁 혼란 와중에서도 이승만 대통령은 한강 유역 확보의 역사적·전략적 중요성을 깊이 통찰하고 국군에게 한강 상류 지역까지 완전히 장악하도록 특명했다고 한다.

일제강점기 시절 강원도 화천군 화천읍 일대에 대륙침략 전력원(電力源)으로 화천댐이 건설되었다. 이 댐으로 생긴 인공호수에는 이승만 친필 휘호 파로호(破虜湖) 비석이 세워져 있다. 인해전술로 덮쳐오는 중공군을 한강 동북부 이 호수에서 격퇴하고 북한강 유역 상류 발원지까지 확보하였다. 원래 이 인공 댐은 38°선 이북의 북쪽 영역이었으나 한국전쟁 때 국군 제6보병사단이 중공군 3개 사단의 공세를 막아내고 패주하는 중공군을 이 호수에서 섬멸했다. 수장된 중공군 병사는 2만 4천 명에 달했다고 한다. 이 대통령은 이 대첩을 기리기 위해 오랑캐를 깨뜨렸다고 하여 파로호(破虜湖)라고 이름 지었다. 중국 입장에서 보면 치욕이리라. 그래서 한·중 수교 이후 중국 외교부는 2018년 말경 당시 노영민 주중대사에게 파로호 명칭 변경을 요청한 적도 있었다. 대한민국의 발전상을 '한강의 기적'이라고 하는데 이 한강을 누가 지켜 낸 것인가. 그때의 지도자가 바로 이승만이었다.

동천은 그 당시 국군이 좀 더 힘을 써 금강산까지 확보했다면 하는 아쉬움이 있었으나, 한강 유역을 온전히 지켜낸 통찰력에 경탄하지 않을 수 없었다. 그런 이승만 별장 곁에 김일성 별장이 세워져 있다. 분단 역사의 현장이자 우리에게 주는 엄중한 경고 신호다. 동천은 이런 현장을 일행들과 살펴보며, 미래 구상과 전략을 논의해 보고 싶었다.

동평 플랜시안(東平 PLAN試案)

이 자리 참석자들은 동해 바다 청정 해역에서 잡아 온 도다리와 광어를 주재료로 하여 회와 도다리쑥국을 한껏 맛보았다. 이 계절 도다리쑥국은 별미다. 동해 바다 내음과 봄기운을 음미하면서, 몇 잔의 소주도 곁들였다. 이 결단식을 축하하는 메시지가 있었다. 바로, 미국의 존 헤일리 교수, 일본의 가네다 마사오 교수였다.

가네다 마사오 교수는 금강산의 수려함에 푹 빠져 몇 차례 다녀왔고, 이 동해 횟집도 알고 있었다. 그는 세밀한 일본 지식인답게, 동평단 멤버로 참여하되 단 한 가지 조건을 달았다. 동평단이 한민족 우월주의나 우선주의에 빠지지 않아야 하고, 나아가 동북아 지역 국가를 호혜 평등에 따라 대처하는 상호존중원칙이 지켜져야 한다는 조건이었다. 그가 제시한 조건은 정당했으며, 동평단 멤버들 모두 공감하는 바여서 나를 선뜻 지지했다.

식사를 마친 다음 오후 2시부터 동천은 미리 준비해 온 동평 플랜시안 제목의 문건을 배포하고 발표하기 시작했다. 동천은 플랜 요지 설명에 앞서 먼저 시안 작성의 의도를 밝혔다.

"이 시안은 앞으로 3년 후인 2027년 5월 10일 임기가 시작되는 제21대 대통령 선거를 대비한 플랜입니다. 제20대 대통령 윤석열의 임기는 2022년 5월 10일부터 2027년 5월 9일까지이니, 2024년 5월 현재 3년의 잔여임기가 있습니다. 그러나 임기 종료 1년 전부터는 대권 경쟁이 본격화되는 만큼 레임덕 현상으로 윤 대통령의 실질 잔여임기는 겨우 2년 정도로 봐야 합니다.

윤석열 정권 심판과 이재명 야당 심판으로 치열하게 싸운 4·10 총선은 야당의 압승으로 막을 내렸습니다. 국민들은 윤 정권에게 처단에 준하는 심판을 내리면서도 야당 측에 대통령 탄핵과 개헌 의결이 가능한 의석은 내주지 않는 속 깊은 자제심을 보였습니다. 거대 양당의 적대적 대결과 습벽적 정쟁 구도는 변치 않게 되었습니다.

다만, 이 총선에서 우리 정치에 미래 희망의 분화구가 열리기 시작했음을 감지했습니다. 국민들은 헌법의 원리인 삼권분립 구조가 제대로 작동되기를 염원하는 마음을 선거를 통해 우회적으로 나타냈습니다. 헌법상의 장식품이라고 자조해 온 낡은 사법부의 구각(舊殼)을 깨고 나오라는 명령입니다.

대통령의 행정부와 압도적 의석의 야당이 지배하는 입법부가 당파이익과 정쟁으로 나라를 파국으로 몰아갈 때 사법권에 의거하여 이성과 지혜, 공정과 정의의 잣대로 국민과 대한민국의 미래를 구하라고 명령했습니다.

이는 우리 사법부가 짊어진 역사적 사명입니다. 사법부가 이 사명을 완수한다면, 한국의 자유민주정치체제와 운용방식은 위기에 처한 세계 곳곳의 민주주의 국가에 등불이 되리라 믿습니다.

이런 정치 상황과 앞으로의 전개, 2026년부터 불이 붙을 21대 대선 전쟁을 감안하면 대한민국은 또 다른 위기를 안게 되었습니다. 그래서 우리는 한반도와 동북아의 미래를 감당하고 평화와 번영을 가져오게 할 위버멘쉬, 난사람의 출현을 기다리고 있습니다. 참으로 난사람과 그의 동지세력이 검토 채택하여 시행할 계획을 미리 시안으로 만들어 공론에 붙치고 공감대를 확대해 보려고 합니다. 사족이지만 이 시안에는 춘추공의 가르침과 여러 멤버들의 지혜가 응결되어 있다는 점을 강조해 둡니다."

참석자들은 큰 박수로 호응했다. 동천은 미리 준비하여 배포한 서면에 따라 동평 플랜시안을 또박또박 설명했다. 동평 플랜시안 요지는 이러하였다.

대한민국 내정의 시급한 개혁 과제로 제시된 계획은 다음이었다.

(1) 한반도 전역의 행정구역 대개편

한반도 남쪽에서는 1960년대 박정희 정부 이래 윤석열 정부에 이르기까지 대통령을 비롯한 대다수 정략가들이 경상도·전라도·충청도의 지역감정을 조장해 그에 기생하는 정치세력을 구축하고 연명해 왔다. 그 가운데 이른바 민주화의 기수로 각인된 김영삼·김대중 양김(兩金) 시대에 지역감정 대립이 극에 달했다. 그리고 현재의 2개의 거대 양당도 지역감정이라는 달콤한 정치자양분에 코를 박고 이 양분으로 정치 기득권 즉, 국회의원 배지를 달고 있다.

내부 분열과 혼란은 적을 불러오고 통일 한국 대업의 최대 장애이므로 시급히 혁파되어야 한다. 그리고 교통·통신이 최선진화 되어있고 국토개발이 거의 완성되었으며, 해방 후 단기간에 미래학자 앨빈 토플러(Alvin Toffler)가 설파한 1차, 2차, 3차 물결에 단숨에 올라탄 나라가 대한민국인데, 언제까지 조선 8도와 그 시절의 도와 군을 유지해야 하는가.

기존의 도(道)를 전면 폐지하고 생활권역을 기준으로 자치 행정단계를 '광역시·시·군'과 '구·동·리' 2단계로 간소화하는 대개편을 해야 한다. 북한지역은 남쪽의 개편 방향에 따라 추후 시행한다. 애향심의 대상이 막연히 경상도, 전라도, 충청도가 아니라 보다 압축된 '대구', '광주', '대전'이어야 밀집성이 있을 것이다. 이 개혁이 이루어지면 지역감정 해소, 행정 비효율 제거 등 통일 대한민국의 자치 행정기초가 다져질 것이다.

(2) 국가 최고지도자 등 선출 방식 개혁

현행 헌법은 대통령 선거에서 당선자를 결정하는 방법을 선거법률에 위임하였고, 공직선거법에서는 다수 득표자를 당선자로 하고 있다. 유력한 대통령 후보자가 3인 이상 있을 경우, 과반 이상 지지를 받는 당선자가 나올 수 없는 구조다.

양대 후보 대결 구도에서도 과반득표 후보는 극히 예외적이다. 87년 직선제 개헌 이후 과반 이상의 지지를 받은 후보는 박근혜가 유일하다.

내부 갈등 요인이 다양하고 분열과 대립이 치열해지고 있는 우리 정치 현실에서 국민 과반 이상이 지지하지 않는 소수파 지도자는 통합 리더십을 발휘할 수 없다. 이런 리더십으로는 통일 대업 즉, 북쪽 2,500만 국민을 포용할 수 없다.

따라서 대통령을 비롯한 국회의원, 자치단체장 등에 대한 선거에서는 결선 투표제를 전면 시행하여야 한다.

분열과 정치공작 술수로 소수파 지도자를 만들어 내는 정략가는 설 자리가 없어진다. 지역감정을 악용해 특정 지역에서만 70% 이상 득표하여, 전국적으로는 30% 전후 득표에 불과함에도 권력을 장악하는 치명적 결함을 막아야 한다.

(3) 각종 국민대표 선거에서 기호 표기제 폐지

우리 선거법에서는 의석에 따라 정당에게 기호를 부여하고 있다. 제1당은 1번, 그 다음 당은 2번 순으로 기호가 매겨진다. 당 소속이 없는 독립후보는 추첨에 의해 기호가 정해진다. 기호순에 따라 선거 공보가 실려지고, 투표지에도 순번에 따라 당과 후보자가 표기된다. 기호 1, 2, 3은 선거상 특혜적 이익을 누리게 되고, 선거 결과가 이를 뒷받침한다.

이 기호 제도는 헌법상 평등권에 정면위배된다. 선거의 공정성에도 반한다. 우리 국민 교육 수준은 세계에서도 최우등급이다. 이런 기호 특권 유지는, 새로운 정치세력과 참으로 잘난 사람의 출현을 봉쇄하는 장치다. 앞선 기호를 받기 위해 의석 장난을 치는 농간은 없애야 할 것이다.

(4) 국회 구성의 혁신

국회의원은 철저히 인구비례로 선출하되 결선 투표제를 시행한다. 미국 등 선진제국에 비추면, 대한민국은 인구 25만명 당 1인의 대표를 두는 것이 적정하다. 그럴 경우 남쪽 200명, 북쪽 100명으로 의원 총수는 300명이 된다. 북쪽 지역도 미리 선거구를 획정해 두어야 한다. 비례대표 의원으로는 지역구의원의 20% 비율로 산정하여 남쪽 40명, 북쪽 20명으로 한다. 남북통일 시대를 대비하여 '국가경영대표위원회의'를 설치한다. 남·북을 합하여 150명의 위원으로 하고, 직능과 지역을 대표하여 직선으로 선출한다.

지역 100인, 직능 50인으로 하고, 지역은 대권역으로, 직능은 각계 각층에서 선출하게 한다.

(5) 정치 자금 제도 혁신

정당은 선거를 통해 정권을 쟁취하여 그 정당의 목적이나 가치를 실현하는 인적 결사체다. 법리상으로는 사단법인이고 정당법에 의해 설립된다. 현대적 정당의 활동에는 막대한 정치 자금이 소요되고, 각종 선거 특히 대통령 선거, 국회의원 총선거 등에는 수천억대의 자금이 지출되고 있다. 현행 정치 자금 배분, 선거비용 충당 등 제도는 이른바 선거 공영제라는 미명 아래 국가가 재정으로 각 당의 활동비를 지원하고 선거비용까지 보전해 준다.

2023년 중앙선거관리위원회가 각 당에 지급한 정당보조금 중 경상보조금 총액은 476억 원이다. 이 중 제1당인 더불어민주당이 222억 원, 제2당인 국민의 힘이 202억 원 두 당이 424억 원을 받아 보조금의 약 90% 차지한다. 여기에 선거보조금이 추가된다.

대선, 총선, 지방선거 때마다 일정 득표를 하면 선거비용을 법정 범위에서 국가 또는 지방자치단체가 보전해 준다.

유효득표율이 15% 이상일 경우에는 전액, 10% 이상 15% 미만일 경우에는 비용의 50%를 보전해 준다. 대선 때면 1,500억 원 이상, 총선 때도 900억 원 이상의 선거비용 보전금이 나랏돈으로 지출되었다.

해마다, 거대 양당에 500억 원 가까운 재정이 지원되고, 선거 때면 1,000억 원에서 1,500억 원을 초과하는 나랏돈이 지출되고 있다. 그렇다고 하여, 정치가 나아졌는가 그 반대다. 거대 양당은 나라 자금으로 자신들의 기득권 유지에 골몰하는 데 영일이 없다. 정당에 대한 보조금 및 선거비용 보전을 전면 폐지할 때가 됐다. 당이나 정치인이 스스로의 힘과 노력으로 정치 자금을 모아 국가에 기여해야지, 나라 곳간을 기웃거리게 해서는 안 된다. 정치 자금 제도의 혁신이 시급하다.

통일 대업 추진과 관련한 장단기 계획 시안은 이러하였다.

(1) 통일 헌법 요강과 초안 작성공표

통일운동의 국민적 지지를 모으기 위해 통일 헌법 요강과 통일 헌법 초안을 마련해 공표하고, 담론에 붙쳐야 한다.

통일 헌법의 기본 3원칙은, ① 자유민주주의 기본 질서, ② 자율과 창의를 기반으로 하는 경제 체제 ③ 정의·평등·행복을 구현하는 사회문화 체제로 한다.

헌법 학계·정치 학계를 중심으로 모범 통일 헌법 초안을 공모하여 전국민적 관심과 참여를 이끌어 내야 한다. 대한민국은 국가 수립 이후 전 세계의 모든 헌법 유형을 채택하고 현실에 적용해 봤다고 해도 과언이 아니다.

1948년 7월 17일 헌법이 제정 공표된 이래 1987년 10월 29일 최종 개정 때까지 공화국이 6차례 바뀌었고, 전문 개정 포함하여 9차례 헌법 개정이 있었다. 헌법 제도와 헌법 운용 실태를 연구하려면 대한민국 헌법만큼 적절한 헌법은 없을 것이다.

이제, 21세기 가장 뛰어난 헌법을 만들 수 있는 능력이 있고 기회가 왔다. 국민 공모와 국제 공모를 병행해 모델 K-헌법 초안을 채택해 전 세계로 전파해보자.

(2) 통일 수도 건설 대구상(大構想) 적극 논의

노무현 대통령은 2002년 9월 대선 승리라는 정략적 의도에서 신행정수도 건설 공약을 발표했다. 노 정부가 공약을 추진하자 당시 야당인 한나라당도 충청권 표심을 얻기 위해 건설계획법안에 찬성하여 행정수도 이전이 실천단계에 이르렀다. 그러나 각계 각층에서 수도 이전 반대 여론이 비등하였다. 이들이 '신행정수도 건설을 위한 특별조치법'에 대해 헌법소원을 제기하였고, 2004년 10월 헌법재판소가 위 법률이 위헌이라고 판시하여 수도 이전은 무산되었다.

이후 수도 이전 정책은 각 정파의 충청권 선거 전략에 따라 연구·과학 중심도시에서 오늘의 행정 중심 복합 도시(행복도시)로 변형되었다. 행복도시라는 어정쩡한 사이비 천도가 가져온 폐단과 비능률은 대한민국의 장래에 큰 짐이 되고 있다. 통일시대를 열어야 한다는 염원과 실천 의지 고양 그리고 북쪽 2,500만 주민에게 희망의 빛이 되도록 하기 위해 통일 수도 논의를 활성화하고 전문가들이 보다 심층적이고 체계적인 구상을 제시할 필요가 있다.

　통일이 목전에 다가온 상황에서는 남과 북이 수도 선정을 두고 이념을 떠나 지역적으로 분열될 수 있기 때문이다. 통일 수도 적지는 임진강과 한강 하류의 서해 해안지역을 포용하는 강화군·파주군·북쪽 개성·해주시 일대가 제일 유력하다. 남·북 주요 도시 특히, 서울과 연접해 있어 접근성이 뛰어나고 비교적 사회 인프라가 잘 구축되어 있으며, 수자원이 풍부하고, 바다로 바로 나갈 수 있다는 장점이 있다. 비무장지대가 있어 환경 보전도 잘 되어있고, 풍광 또한 수려하다.

　통일 수도 분격 논의는 통일 담론과 통일 열기에 줄기찬 에너지원으로 작용하는 효과가 있다.

(3) 동북아 평화 정착을 위한 월드컵 대회 유치

　한반도를 둘러싼 동북아 지역의 군사적 긴장이 고조되어가고 미·중 패권 다툼이 날로 더해지는 상황에서, 긴장을 완화시키고 평화 질서 모색을 위해서는 분단의 벽을 허문 88년 서울 올림픽과 같은 초대규모 국제 행사가 묘방이 될 수 있다. 88 서울 올림픽의 기치는 '벽을 넘어서'였다. 그 기치에 따라 서울 올림픽 후 구소련이 붕괴되었고, 냉전 체제가 해체되었다. 동북아 월드컵을 유치해 냉전 잔재를 떨어내고 신냉전 체제가 발붙일 수 없게 하자.

중국과 북쪽은 월드컵 개최 경험이 없을 뿐만 아니라 월드컵 본선에도 나가지 못하고 있으나, 중국 국민들 특히, 시진핑 주석은 축구광이다. 북쪽 국민들도 축구에 열광하고 대한민국과 일본은 아시아 축구 양강(兩强)으로 인정받고 있다.

남·북한, 중국, 일본, 러시아가 공동으로 2038년 26회 월드컵 또는 그 다음 회 월드컵 유치를 신청하고 추진해 보자. 명분과 실리가 구비되어 있으므로 미국과 중국, EU 국가들이 전폭 지지할 것으로 전망된다.

대회 유치와 경기장 건설, 경기 운영 등은 한·일 양국의 공동 개최 노하우가 있으므로 원활하게 진행될 것이다. 대회 경기장은 북쪽에서부터 중국의 션양, 러시아의 블라디보스토크, 북의 평양, 남의 서울, 일본의 도쿄면 어떨까. 이 유치 신청이 성공하면 향후 10년간 이 지역에 평화무드가 조성될 것이다. 공동 유치 신청 5개국 최고지도자는 노벨평화상 공동 수상자가 될 것임이 틀림없다.

(4) 한반도 비무장지대(DMZ)를 세계평화와 자연보전 공원으로 건설

한국전쟁 당시 설정된 군사분계선(MDL)을 기준으로 남·북 각 2km 폭의 완충지대를 비무장지대(DeMilitarized Zone)로 설정했다. 1953년 7월 휴전으로부터 70년이 지났다. 외부와 인위적으로 단절된 지구상 온대지역에 있는 유일한 지역이라고 할 수 있을 것이다. 사람은 접근하지 못하고, 동식물과 자연이 천국을 이루었으리라 짐작하고 남는다. 동서로 250km(155마일)다.

UN 주도 아래 이 지대를 평화와 자연보전을 위한 공원으로 재탄생하게 하는 프로젝트를 추진해 볼 필요가 있다.

평화를 소망하는 인류의 염원을 담아, 글로벌 공원 설계 전문가들을 참여시켜 지구촌의 21세기 공공 유산으로 만들어 보자. 남북과 주변국이 동의한다면, 국제적인 공원 법인을 설립하여 그 법인에 운영권과 질서 유지 권한을 부여해도 좋을 것이다. 이 평화공원은 한국전쟁의 비극을 딛고, 한민족과 인류의 지혜가 만들어 낸 위업의 현장이 되리라 확신한다.

(5) 비무장지대(DMZ) 내에 상설 만남의 광장 조성

남·북 당국과 UN 인권이사회가 공동으로 비무장지대 안에 남·북 이산가족은 물론 글로벌 이산가족들의 회한을 해소할 수 있도록 만남의 광장을 조성해 이산의 아픔을 뒤늦게나마 조금이라도 풀 수 있게 해야 한다. 남·북 당국의 정치적 이해에 따라 간헐적·시혜적 이산가족 만남 이벤트는 이제는 그만두어야 한다.

글로벌 만남의 광장은 동해안 지역, 서해안 지역, 중부지역 등 3곳에 상설로 설치하고 숙박, 공연, 쇼핑, 관광 등을 할 수 있는 종합리조트로 건설해 이산가족의 편의를 도모해야 한다. 이 장소는 UN이 직할하여 전 세계인이 국적을 가리지 않고 이산가족을 찾을 수 있는 기회를 제공해 세계인들의 사랑을 받게 해야 한다. 남·북이 지척 간이고 휴전 후 70여 년이나 지났는데도 이산의 고통을 더 이상 기약 없이 짊어지고 가게 하는 것은 남·북 7,500만 민족의 이름으로 용서할 수 없는 일이다.

김정은의 가슴을 열게 하는 특단의 묘책을 강구해야 한다. 그에게 노벨평화상을 쥐어주는 당근책을 써서라도 기필코 성취해야 한다. 이산가족 찾기와 만남을 위한 글로벌 데이터센터를 이곳에 두어 이산가족의 만남을 지원해야 한다.

(6) 해양과 대륙을 연결하는 동북아 지역 물적 네트워크 구축

한반도 통일을 위해서나, 통일 한국의 인접 국가들에 대한 기여의 측면에서도 해양과 대륙의 교차지대에 위치한 한반도는 지정학적으로 매우 중요하다. 한반도의 지정학적 이점을 극대화하기 위해서는 내륙과 해양을 연결하는 사회 간접 시설 즉, 물적 네트워크가 갖추어져야 한다.

해양·대륙 네트워크가 구축되면 동북아 국가 간의 경제적 상호 의존과 보완이 차츰 심화되어 가고, 경제적 번영은 이 지역의 평화와 안정에 결정적 기여할 것이다. 그간 국제적 논의가 활발했던 한반도 종단 도로·철도 개통이 우선적으로 요청된다.

한반도 종단 고속도로는 한반도와 중국의 동북 3성을 연결하여 중국 고속도로와 연계망을 구축하는 기간도로 교통시설이다. 철도는 트랜스 시베리아 노선과, 트랜스 만주 노선을 들 수 있다. 이 양 노선은 해당국의 의지만 있으면 바로 사업에 착수할 수 있을 정도로 준비된 프로젝트로 알려져 있다.

한국과 극동 러시아 지역을 연결하는 천연가스·송유관 부설도 여건만 조성되면 언제든 사업에 착수할 수 있다. 한국 남해안과 일본 규슈를 연결하는 해저터널 사업도 미래 세대를 위해 일본 측과 사업 타당성을 협의해 볼 가치가 있다.

국가안보와 법질서 확립에 관한 동평 계획은 아래와 같았다.

(1) 자위적 차원의 핵무장 잠재 역량 확보와 핵무력 건설

동아일보와 국가보훈처가 한미동맹 70년을 맞아 실시한 여론조사에 따르면 대한민국의 핵무장에 대해 국내의 긍정 여론이 약 64%에 달했다. 미국 국민들도 한국의 핵무장을 지지한다는 여론이 40여%, 반대가 30%여서 지지여론이 높게 나왔다. 국내와 미국의 여론은 북핵 문제가 부각될수록 긍정 여론 비율이 높아질 것으로 전망된다.

핵무력에 대한 억지력은 핵무장이나 핵을 능가하는 최종파괴 무기로 확보할 수 있다. 김정은이 통치하는 북은 실질적 핵무기 보유국이니, 그에 대응하여 대한민국은 자위적 억지력으로써 핵무력을 건설해야 하며, 최소한 비상상황에서 시급히 핵무기를 제조·공급할 수 있는 핵무장 역량은 기필코 구축해야 한다. 미국 등 우방국과 중국·러시아에 대해서, 북쪽 김정은의 핵은 불법적 전쟁 도발 목적 핵무력이지만, 대한민국은 합법적 국제 공인을 받을 수 있는 자위적 핵무장력 건설이라는 차이점을 부각, 설득해야 한다.

2023년 기준 세계 군사력 국가 순위(Global Firepower)는 미국, 러시아, 중국, 인도, 영국, 프랑스, 한국, 일본 순인데, 한국·일본을 제외하고 상위 군사력 국가는 핵보유국이다. 그런데 동북아 지역으로 국한해 보면 북방 3각 국가 즉, 러시아·중국·북한은 핵을 보유하고 있으나, 한국·일본은 비핵국가여서 공포의 균형이 무너져 있다. 이 불균형을 보충하는 수단이 이 지역에 배치된 미국의 핵무력이다. 한국·일본 입장에서 보면 미국은 국내정치 지형에 따라 안보정책이 춤을 춰, 동북아 지역 내에서의 핵무력 균형은 불안정한 구조다.

동북아 지역의 핵전쟁 발생 위험을 확실하게 억지해야 한다는 대한민국의 핵무장력 건설 충정을 주변국에 이해시켜야 할 것이다.

(2) 김정은의 전쟁 도발 의지를 꺾을 수 있는 첨단 군사력의 지속적 개발과 확충

군사정찰위성 발사, 한국형 항공모함 보유, 핵잠수함 개발, KF21 4.5세대 스텔스 전투기 성능 향상과 실전배치, 레이저 무기 개발, 군사용 정밀 드론 개발 등 군비 증강 계획 추진으로 북의 재래식 군사력이 저항 의지를 상실하도록 해야 한다.

(3) 국정원의 대북 정보 활동을 강화하여 북 도발시 인적 억제 장치역량 확보

국정원의 대북 정보 활동을 일층 강화할 필요가 있다. 특히 군사적 도발을 실행하는 군부대와 노동당의 군사 위원회 내에 협조자를 확보해야 한다. 김정은이 핵 공격 지시를 하더라도 명령체계 선상 어느 단계에서 암호화된 비밀번호나 기호가 김정은 → 북의 전략군 사령부 사령관 → 핵미사일 부대장 → 미사일 발사대 지휘관에 이르는 여러 단계 어느 곳에서 단절과 변형이 있으면 도발은 실행에 이를 수 없다. 그 복잡한 여러 단계에 국정원의 협조자를 배치시켜야 한다. 그들을 북쪽 2,500만 국민의 영웅으로 대우해야 할 것이다.

(4) 통일 대한(大韓) 드론 의병 10만 육성

우크라이나와 러시아의 전쟁, 이스라엘·하마스 전쟁에서 군사용 드론의 효용성이 입증되었다. 수백억짜리 첨단 무기가 몇백만 원 하는 조그마한 드론 공격에 속수무책이었다. 드론 전쟁으로 불린다. 한반도라는 좁은 국토에서는 첨단 무기보다 군사 드론의 활약이 더욱 두드러지리라 예상한다.

따라서, 민간 자원봉사 조직 중심으로 드론 의병 10만 명을 모집하고 예비군 같이 조직적으로 드론 조종 훈련을 할 필요가 있다. 접경지역의 한 동네에서 드론 1,000대가 북의 장사정포를 공격한다고 상상해보면, 가위 그 위력을 가늠해 볼 수 있을 것이다. 1가구 1드론 체제가 구축되면 막강한 민간방위력이 될 것이다.

(5) 국가 수사 권능을 효율화하고, 국정원의 안보저해 사범 수사권의 회복

문재인 정부 시기 검찰의 직접 수사권이 박탈되었고, 사법 경찰에 대한 수사 지휘권도 폐지되었다. 검찰의 1차 수사권은 몇 가지 범죄 유형에 한정되었다. 국정원의 대공사범 수사권은 경찰로 이관되어 국정원의 대공 수사는 폐지되고 말았다. 공직자 범죄수사처는 제도도 미비하고 수사 역량이 낙제 수준이어서 예산만 낭비하고 있다.

국가적 법익을 침해하는 범죄에 대해 검찰 기관의 수사권을 박탈한 문

정부의 검찰개혁은 개악이니만큼, 시급하게 검찰 직접 수사권을 회복케 할 필요가 있다. 국정원의 대공수사권 역시, 기능과 능력을 고려해 도로 국정원으로 복귀시켜야 한다. 공수처는 예산만 축내는 무능·부실 기구이므로 즉각 폐지하고 그 기능을 검찰로 회귀케 해야 한다.

국가안보와 국가 기강 및 사회 기본질서 유지는 강력하고 효율적이며 민주적인 수사 및 검찰 기관과 숙련된 요원들이 있어야 제대로 작동된다. 대한민국의 국정원과 검찰은 건국 이래 국가가 부여한 임무를 충실히 수행해 냈다. 중요 사건 수사에는 여러 수사기관이 참여하고 공동 노력하는 것이 필수적이다. 여러 수사기관의 다수 인력이 수사팀을 이룰 때 수사지휘권의 확립과 적절한 행사는 수사의 승패를 가른다. 검사의 수사지휘권은 글로벌 일반수사 절차의 원칙 규범에 속한다. 검사의 수사지휘권을 부활하게 해야 한다. 수사지휘권 남용에 대한 규제를 강화하여 지휘권 일탈이 없도록 하면 충분하다.

통일외교 역량과 과학·정보기술 역량 강화를 목적으로 인재육성을 강조했다.

(1) 외교 역량 강화

민·관 합동으로 매년 200명의 최우수 인재를 선발해 10년간 2,000명을 양성한다. 이들은 통일 성취 때까지 외교전담 분야에서 종신 근무하게 한다. 이들이야말로 춘추공의 후예로서 국가안보와 경제 전쟁의 최정예 요원이다.

(2) 전략 분야 과학·정보기술 인재 육성

국가 최첨단 과학 분야와 정보기술 분야에서 매년 300명씩 최고 인재를 선발하여 전폭 지원한다. 10년간 3,000명을 배출하고 국가가 연구를 지원하고 최고 수준의 복지를 공여한다.

경제 부분에 대해서는 경제전문가 중심으로 별도의 통일 대비 경제 전략반을 꾸려 다른 기회에 발표하기로 했다.

동천은 이날 발표의 마지막을 통일 한반도 시대의 미래 비전으로 장식했다. 그가 그리는 미래는 이러하였다.

〈 통일 한반도 인구 1억 시대 비전 〉

통일 한반도 인구 1억 시대 비전을 실현하기 위해서는 인구의 고령화와 저출산율 문제를 최우선 과제로 시급하게 해결해야 한다. 중국·일본도 고령화와 저출산율 문제를 안고 있으나 대한민국이 가장 심각하다. 출산율 0.7명 세계 최저를 기록했다. 국가소멸을 예고하는 것이다. 한·중·일 경쟁 구도에서 출산율이 3국의 경쟁 우위를 결정할 것이다.

출산은 곧 행복이라는 공식을 확립하고 민간과 국가 모든 영역에서 결혼·출산·육아를 최우선 과제로 삼아 파격적 배려 정책을 펴야 한다. 국가·기업 등 사회·가정 3자가 사활적 각오로 연대 협력해야 한다. 2030년까지 출산율 1.5명을 달성할 목표를 실천해야 한다.

하늘과 바다를 신성장동력으로 삼는 경제정책 수립이 필요하다. 한반도의 국토는 비교적 협소하지만, 하늘과 바다는 누구에게나 열려있다. 우주는 개척하는 자의 것이다. 넓은 바다를 3면에 두고 있는 한반도의 지리(地利)를 활용하자.

북한지역의 식량 문제를 원천 해결하는 방안을 마련해 북한 국민에게 제시해 줘야 하고, 통일의 문이 열리면 준비된 식량을 즉각 제공해 대한민국에 대한 믿음을 확보해야 한다.

한반도 통일이 실현되면, 현재의 인구 남쪽 5,100만 명, 북쪽 2,600만 명 총인구 7,700만 명이다. 통합시 한반도 적정인구를 남쪽 6,000만 명, 북쪽 4,000만 명으로 잡고 총인구 1억을 포용하는 선진 자유민주 복지국가를 목표로 정하고 나아가야 한다.

압록강·두만강과 연접한 중국의 만주지역과 러시아의 극동 연해주, 그리고 한반도를 아우르는 동북아 경제권 구상을 해 볼 수 있다. 2023년 기준 중국 동북 3성(요녕성, 길림성, 흑룡강성)의 인구는 1억 740만 명이고, 러시아 연해주(프리모르스키 크라이) 인구는 182만 명이다. 남북한 인구 7,700만 명을 합하면 총인구 1억 8,622만 명이다. 광대한 영역, 그리고 바다를 거느리는 거대 경제권이 출현하게 된다. 그 중심에 대한민국과 그 국민이 있다.

동천의 발표가 끝나자마자 격려의 박수가 쏟아졌다. 여러 이론(異論)이 제기되었으나, 이날은 축제의 날이어서 논의는 문제 제기 수준에 그치고 자연스럽게 다음 기회로 미루기로 했다.

그런데 동야그룹 이 회장이 긴급 제안을 했다. 제안 이유는 젊은 세대에서 눈에 띄게 통일 열정이 식어가는데 열정을 되살릴 대책이 시급하다고 목소리를 높였다.

동천이 이 회장에게 묘안을 준비한 듯하니 말씀하라고 했다. 그의 방안은 이러했다.

"싸이의 '강남스타일' 뮤직비디오는 50억 조회수를 돌파했어요. 방탄소년단(BTS)의 뮤직비디오도 억대 조회수는 보통입니다. 우리들도 신중현의 '아름다운 강산'에 열광했고, 88 올림픽 때는 코리아나 밴드의 '손에 손잡고(Hand in Hand)' 노래에 전 세계인이 감성적으로 연결됐지요. 아리랑이라는 우리 노래가 있어서 한민족의 지속성과 정체성이 유지된다고 생각합니다.

그래서 통일 염원을 담은 창작 노래를 공모히는 사업을 해보면 이떨는지요. 노래의 장르는 불문으로 하고 말입니다. 언제까지나 '우리의 소원은 통일' 노래에만 매달려야 하나요. 젊은 세대에 맞게 보다 빠른 템포, 가슴에 꽂히는 가사, 중독성 있고, 절로 신명나는 멜로디를 갖춘 창작곡을 발굴해 봅시다. 상금은 대상 1억 원, 우수작 2편에 1억 원 정도면 좋을 듯합니다. 행사 취지가 좋으니까 동평단 주관으로 추진하면 사업비 모금도 어려울 것 없다고 봐요."

이 회장 제안에 참석자들은 정말 탁월한 아이디어라고 이구동성 찬성을 했다. 동평단은 2024년 하반기에 통일 염원 노래 공모 사업을 하기로 결정했다.

동천은 그 노래가 울려 퍼져나가면 통일로 가는 결의가 다져지고 남북의 젊은 세대가 신명나게 앞으로 나아가리라 상상했다.

그리고 문득 나훈아의 명곡 '테스형'이 생각났다. 우리 시대의 가황 나훈아는 그리스의 철학자 소크라테스형을 찾고 있다. 그런데 동천은 춘추공을 소환해,

"아 춘추공! 천하가 왜 이래, 남북이 왜 이래, 통일이 왜 이렇게 힘들어" 하고 테스형 멜로디에 맞춰 읊조리고 있었다.

통일전망대에서 금강산 해금강을 바라보다

동천 일행은 동평단 결성식 행사 다음 날 오전 대진항에서 북쪽으로 약 2㎞ 떨어진 동해 최북단 지역에 있는 통일전망대를 찾았다. 그곳 전망대에서는 육안으로 금강산 비로봉을 볼 수 있고, 해금강과 삼일포는 또렷이 눈에 들어온다. 동천은 이곳을 여러 번 찾았는데, 그때마다 감회가 달랐다. 산천은 의구한데 사람의 마음이 변하기 때문이리라.

동천은 해금강 주변의 하얀 파도 포말을 바라보며, 몇 년 전에 세상을 뜨신 어머니 생각을 했다. 어머니는 강원도 통천군 금강산 자락에서 태어났다. 그래서 이름도 강옥(江玉)으로 지었다고 했다. 강원도 금강산의 구슬이라는 아름다운 이름이었다. 강옥은 아주 어린 시절 외할아버지를 따라 남쪽 경남 합천으로 갔다가 다시 경북 고령에 정착했다. 딸만 여럿 둔 동천의 외할아버지와 외할머니는 이북에서 대부분 딸들은 출가시키고, 막내 딸인 강옥과 그 손위 딸 둘만 데리고 남쪽으로 왔다고 했다.

강옥은 1950년 6·25 전쟁 직전 초등학교 교사와 혼인을 했다. 한국전쟁으로 그들 부부의 행복은 속절없이 무너졌고, 이후 역사의 격랑 속에서 힘겹게 살아왔다.

동천의 어머니는 살아 계실 때 통천 고향을 가고 싶어했다. 그렇지만 어머니는 금강산 관광이 인기가 있었을 때도 가지 않았다. 김일성 일족에게 헛된 돈을 주고 싶지 않다고 한사코 거절했다. 동천도 어머니의 마음을 읽고, 대학 동기들이 금강산 관광을 갈 때 참가하지 않았다.

동천의 어머니에게는 또 다른 이유가 있었다. 동천의 아버지가 한국전쟁 때 전선에 나가 전투 중 행방불명이 됐다. 1951년 1월 경기도 가평 전투에서 일이라고 하니 전사한 것으로 추정되지만, 유골을 찾지 못하고 있다. 동천은 해마다 서울 동작동 현충원의 무명용사탑에 있는 그의 아버지 위패 앞에서 추모의 예를 해왔다. 동천의 일가족은 한국전쟁을 온몸으로 겪었다. 동천은 그런 가족사로 해서 한반도 통일과 평화 번영을 간절히 기원해 왔다.

동천의 장인 김창엽 씨는 평양 토박이인데, 해방 후 남북 통행이 금지되기 직전 공산당과 소련군대를 피해 서울로 왔다. 곧바로 남북 통행이 금지되어 이때부터 그는 북에 가족을 둔 이산 신세가 되었다. 동천의 아내는 아버지의 평양 어투를 가끔 쓴다. '애미나이', '하라우' 등등. '고시계'라는 유명한 월간 잡지사를 경영했던 장인은 가끔 술에 취해 고향을 그리는 노래를 부르곤 했다. 대동강의 은어와 모래무지가 낙동강에서 잡은 것보다 맛

있다고 했다. 동천의 내외는 이래저래 북녘땅과 인연이 깊다.

동천은 통일전망대에서 어머니를 불러본다. 언젠가 어머니를 가슴에 품고 당당히 금강산 통천 고향으로 가리라 다짐했다. 그리고 의지의 힘은 낙수 물방울로 바위에 구멍을 낸다는 니체의 말이 떠올랐다. 뒤이어 동천이 좌우명으로 삼았던 사자성어 우공이산(愚公移山)이 니체의 말을 지웠다.

어느날 우공은 길을 막고 서있는 높은 산을 평지로 만들어야겠다고 결심한다. 삼태기와 괭이로 산을 깎아 흙과 돌을 파내 발해 바다로 던져 넣었다. 주변에서는 바보짓이라고 비웃었다. 이 산의 주인인 산신이 그만두라고 했다. 우공은 내가 하고, 내 아들이, 그 뒤의 내 자손들이 퍼 나르면 평지가 된다고 결의를 다졌다. 하늘의 옥황상제가 우공의 의지와 끈기에 놀라 밤 사이에 그 산을 옮겨버렸다. 우공이산의 얘기다.

그래 "우리들이 우공(愚公)이다"라고 해금강 쪽 동해 바다를 향해 외쳤다.

"우리가 우공이다."